《七星のスバル》
しちせい
Seven Senses of the Re'Union
田尾典丈
イラスト／ぶーた

天羽陽翔
あもう・はると
Amou Haruto
碓氷咲月
うすい・さつき
Usui Satsuki

空閑旭姫
くが・あさひ
Kuga Asahi
「さー、はりきって行こー!」

てを決める。
それが、この世界の絶対の理。

――センスがすべ

「――約束だよ、陽翔」

contents

character
天羽陽翔 あもう・はると
“スバル”の元メンバー。センスは闘気。
空閑旭姫 くが・あさひ
“スバル”の元メンバー。センスは心奏。
碓氷咲月 うすい・さつき
“スバル”の元メンバー。センスは魔導。
御門貴法 みかど・たかのり
“スバル”の元メンバー。センスは天理。
クライヴ–ヴィヴァリー
“スバル”の元メンバー。センスは変幻。
日下希 くさか・のぞみ
“スバル”の元メンバー。センスは夢境。
《七星（しちせい）のスバル》
Seven Senses of the Re'Union
田尾典文
イラスト／ぶーた
エリシア
《リユニオン》に現れる謎の少女。
王列缺 ワン・レイシェン
上位ギルド“ライトニング”のリーダー。

ようこそ、幻想に彩られた《リユニオン》の世界へ——

プロローグ

デジタルで構築された、もうひとつの現実(アナザーワールド)。
それは限られた者しかログインすることのできない電子の異世界。
一万人以上が居住する中世の街や城。
四季の気候が織り成す色彩豊かな木々。
大陸を囲う、果てしなき大海原。
闇夜(やみよ)に瞬(またた)く星々の運行。
空に浮かぶ三つ子の月や鉄の飛行船。
大地に影を落とす空中大陸。
闇を吐き出し蠢(うごめ)く密林。
街を飲み込むほど巨大な竜や怪物。
それら鮮麗(せんれい)な自然と幻想が、違和感なく溶け込んでいる新世界。

この現実を創世したゲームの名は——《ユニオン》。

プレイヤーの『センス』がすべてを決めると言われる、唯一無二のＭＭＯＲＰＧ。

ある者は伝説の剣(つるぎ)を創(つく)り出し、神話さながらに魔物を打倒し――。

ある者は不可思議な精霊と共に、この世ならざる炎で山を消滅させ――。

ある者は空を駆け回り、一陣の風となって世界を巡り――。

ある者は物理のルールを変化させ、大地を支配する――。

本能的にわかりやすくも奥深く、決して底を見せないゲームシステム。

それはあらゆるゲーマーを忽(たちま)ち魅了した。

冒険者たちは自らの勇気と知恵と『センス』を振り絞り、羽ばたくように躍動するのだ。


その世界に、ひとつのパーティがあった。

《ユニオン》で授かる六つのセンスを、各々極めた無敗の六人組(セクステット)。

個人個人が一騎当千でありながら、彼らがパーティとして動く時、センスは常識(システム)すら覆(くつがえ)す。

名だたる上級者(エキスパート)たちの挑戦。

大地を埋め尽くす化け物群からの防衛戦。

運営が産み落とす強靱(きょうじん)なボスモンスターとの戦闘。

上位ギルドにとっての絶望的な脅威――それすら、彼らにとっては戯(たわむ)れに等しく。

無敵のパーティはいつしか、夜空に輝く六連星(むつらぼし)の名で呼ばれることとなる。

〝スバル〟――と。

プレイヤーたちは、〝スバル〟の名を褒め称え、生ける伝説として語り継いでいた。
《ユニオン》のサービスが、あの事件により停止するまでは――。

第一章　再開と再会

『もうお前しか頼れるやつがいねーんだって！　なー、頼むよ、天羽（あもう）クン〜ン』

窓の外でセミが容赦なく鳴いている。

太陽も高くなって、今日の最高気温にそろそろ届こうかという時間帯。

夏休みが始まり、学校もなく部屋でぐーたらと涼んでいた天羽陽翔（はると）の持つ板状のオールインワン・コンピュータ端末——Ｗｉｔｈ（ウィズ）に通信が入ってきた。

陽翔からすれば、休み中にかかってくる通信など、勧誘、悪戯（いたずら）、無言、間違い等々迷惑極まるものしかない。

特にクラスメイトからのお誘いの通信など、ろくなものではないし、陽翔にとっては最悪とも言える類（たぐ）いだった。

「断る」

『そう言わずにさー。天羽クンもオレらとなら絶対楽しいって〜』

通話口からクラスメイトである田茂（たも）の声が、耳に絡みつく。

クラスの中で田茂とは仲がいいわけではない。むしろ、事あるごとに弄（いじ）る対象にされる陽翔にとっては、心底面倒くさい相手だった。

『一緒にゲームの中で冒険するって、めっちゃ興奮するんだって。保証すっからさー』

ましてや、あの世界に入るなど、以ての外だ。

「嫌だっつってんだろ。なんで今更、《ユニオン》に入らねぇといけねぇんだ」

『そりゃ旧世界の名前だろ。サービスを再開して《リユニオン》っつー、新しいタイトルになったんだぜ？　六年前から時間動いてねーのかよ』

「知らねぇし、どうでもいいわ、そんなん。つーか、もう切っていいか？　気安く通信されるような間柄じゃないけど、夏休み中にわざわざありがとう。二学期にまた仕方なく会おうぜ。じゃーな」

棒読みで最後まで言い切り、いざ切ろうとすると、別の耳障りな声がウィズから響く。

『ねぇ～。天羽、おねがいっしょ』

田茂とつるんでいる女、比屋根の声。同じくクラスメイトだが、接点などほとんどない。聞いて誰だコイツ、と迷ったほどだ。ウィズのディスプレイに相手の名前が表示されなければ、まずクラスメイトだとわからなかった。思い出せる顔も曖昧だ。髪は長かったか、短かったか。それすら覚えていない。

「何度お願いされても無理なもんは無理だ」

『なによぉ。体育でからかったのを根に持ってるのぉ？　それとも掃除でヘマさせられたことお？　それとも上履きを隠しちゃったことぉ？』

「上履き隠したのは、やっぱお前らか」

『あっ、ヤバ……』

「なおさら協力できるか！　小学生みたいな真似して、どの面下げて、協力してくれとか言ってんだ、ああ!?」

『なんなのよぉ。ケツの穴、ちっちぇっしょ。男のくせにぃ』

「うるせぇな。お前らにんなこと言われたくねぇよ。問題児ども」

『ったぁく、ああ言えばこう言う……』

「……なあ、もう切っていいだろ？」

なぜ五分も通話に付き合っているのか、自分でも疑問に思い始めてきた。

『ま、待て待て！　天羽クン。二学期から、教室でからかわないって約束すっからさ！　だから、マジで今日一日だけでいいから付き合ってくれって！』

「お前らならさぞ同類のお友だちも多いんじゃねーの。何を好き好んで俺なんだ。他を当たれ」

『もう当たったよ！　お前が最後なんだって。《リユニオン》は、ログインできるやつが限ら・れ・て・る・のは知ってるだろ？　《ユニオン》やってたお前ならさ！』

「その制限、今も同じなのかよ」

『とにかく、今日でクエストの期限が切れるんだ！　今日じゃないと手遅れになるんだよ！　最低三人はいないと受注できねぇんだ！』

彼が必死なのは、声色からわかる。

ただ、彼らを信用できるかというとまた別の話だ。

この程度のことを恩に着るようなやつらならば、人の嫌がることをやろうとはしないのだ。

そもそもふたりとも明日には忘れてそうな鳥頭だし、約束や契約など時間の無駄である……のだが、

「……わかったよ」

『へっ？　マジで？』『えっ、いいの？』

揃って意外そうな声が返ってくる。

頷くような流れではなかったと、田茂と比屋根も自覚していたのだろう。

「一応念を押しておくけど、今回限りだ。あと、もう教室でも関わってくれるなよ」

『オッケーオッケー！』『やったね～。じゃ、あとで待ち合わせ場所、送っておくっしょ』

騒がしかった通信が切れ、陽翔は深く息を吐いた。

「少し痛い目に合わせてやるか」

承諾した理由は簡単。クエストで足を引っ張り失敗させることで、溜飲を下げてやろうと考え付いただけだ。

面倒くさくて反撃しなかったことと口の悪さで角が立ったのか、彼らにからかわれ、嫌がらせを受け、常に陽翔は笑われてきた。

好き勝手やってきた相手に手痛い反撃を喰らったら、どんな顔をするのか。

それが非常に楽しみだった。

「にしてもなぁ……。よりによって《リユニオン》かよ」

頭を掻き、嘆息する。

――まあ、いい機会だ。吹っ切るには頃合いだよな。

もう二度と、過去に思いを馳せないためにも……。


陽翔は勉強机の椅子に腰掛け、漆黒の非透過型ヘッドマウントディスプレイを身につける。

ずっしりと重そうな外見だというのに、見た目に比して異様なほど軽くできていた。

この機材が据え置き型から派生した現代のゲームハードだ。名前をエンセファロンという。

ブレイン・マシン・インターフェース（ＢＭＩ）の機能も備わっており、これひとつでパーソナルコンピュータとして使用することも可能だった。

六年前にも使っていた古い機種で、すでに次世代機も出ているが、未だに陽翔の部屋の中に転がっていたものだ。

「アクセス」

音声認識により、起動。ぶぅんと低音が響くと、左右の網膜にそれぞれハードのメーカーロゴが投射された。

ちょうど右耳の上に配置されたＣＣＦＬ(冷陰極管)インジケーターランプが、インターネットへのアクセスを示すように青光の明滅を忙(せわ)しなく繰り返す。

「《ユニオン》、アップデート」

『動作環境のパフォーマンスを確認。……必須環境を満たしています。《ユニオン》を《リユニオン》にアップデートします』

眼前にプログレスメーターが表示され、左の０パーセントから右の１００パーセントに向かって伸びていく。

メーターが右端に到達すると、本人確認のソフトウェアが起動し、ＵＩの中に瞳(ひとみ)が鏡写しとなった。

『瞳孔(どうこう)照合します…………サーバー接続…………認証成功。登録名、天羽(あもう)陽翔。旧世界アカウントを確認。センス適合審査をパスします』

アナウンスが終わると、網膜にスポットナビゲーターが登場する。

可愛(かわい)らしい妖精のナビゲーターは、ぺこりと頭を下げた。目の中に住み始めたような距離で見えている。

『お帰りなさいませ。旧世界の勇士よ。あなたの帰還を我々は心から待ち望んでおりました』

「……さっさと入らせろ。どうせ姿形は現実と変わらないんだ。インナーを変える必要もない」

『承知致しました。どうか世界に囚(とら)われた少女をお救いください。天羽陽翔様』

申し訳程度にストーリーの触りを語ると、ナビゲーターの少女が消える。

網膜に映っていた映像がフェードして、人がごった返している街へと変化した。

『ようこそ、幻想に彩られた《リユニオン》の世界へ――』

インジケーターランプが、今度は赤の明滅を開始。ブレイン・マシン・インターフェース起動のシグナルだ。

エンセファロンの中でモニターレンズに映っていた風景が、まるで魂を誘うように視界へと溶け込んでいく。

すでに陽翔の五感は現実世界にはない。

陽翔のすべては電子の異世界――《リユニオン》へと召喚された。

▽　▽　▽

陽翔が周囲を見渡すと、石造りの家が整然と立ち並んでいる。

背後にある像は勢いよく水を噴き出し、微かな水滴を周囲に散らして体感温度を下げている。台座の下にある貯水桶に落ちた水は、放射状になった街路の溝に沿って、せせらぎの音を立てていた。

街の外――遠くに目をやれば広大な連峰が聳え立ち、山峡では鉄の飛行船が空を飛び、それに食らい付かんと竜が羽ばたいている。

西の空の果てには巨大な大陸そのものが浮かんでおり、世界の覇者だと言わんばかりに大地に影を差していた。東には暗雲が立ち籠め、昼だというのに周囲一帯は半球状の闇に覆われている。

噴水の周りには、立ちのぼる光のエフェクトと共に次々と人が現れては、街の雑踏へ消えていった。

剣を持った戦士然としたプレイヤーは歩いて南へ。杖を持った魔法使いのような格好をしたプレイヤーは宙に浮かびながら北へ。獣に乗って西に向かっている者もいれば、浮遊するボードに乗って東に向かっている者もいる。

街中は溢れるほどの人々でごった返していた。彼らもまた現実からこの世界に召喚されたプレイヤーたちだ。

彼らの雑談に耳を傾けると、モンスターの情報や、クエストについての噂、センスの磨き方、武器の自慢、あるいは現実での話を持ち込み、何気ない会話に花を咲かせているのがわかる。

中には商談をしている者もいた。道端で布を広げてアイテムを展示し、露天商を営んでいるプレイヤーも多い。

ここはアカウント登録直後に配置される街、アルトガーデンという。六つある大陸のひとつ、豊穣の大地ノアキス大陸の首都である。

「街の様相はさすがに昔と変わってるか……。見慣れない装備をつけてるやつもいるし。八本の街路だけは相変わらずみたいだけど」

陽翔（はると）は可動範囲を確かめるように身体（からだ）を動かしながら、自分自身の姿を見た。

「装備品は……初期装備でボーナスもなしか。さて、ステータスは……」

陽翔は右手を上げ、簡素なリングのついた人差し指をL字を描くように虚空に滑（すべ）らせる。

全プレイヤーに与えられる冒険者用のプレイヤーリング。これをつけてフィンガージェスチャーを行わなければ、各種インターフェースを呼び出すことができない。

ジェスチャーが終わると、ブゥンと四角いインターフェースホログラフィーが眼前に浮かんだ。そこには陽翔の姿や各部に装備している武器や防具の名称、ステータスが表示される。

「レベルも初期化か。まあ……レベルなんて、大して意味はないけどな」

この世界に於（お）いてレベルなど、ただ長くやってきたという参考記録でしかない。

その理由は、この世界オリジナルのゲームシステムに起因する。


センスがすべてを決める。

プレイヤーの持つセンスが、力に変わる世界。
旧世界――《ユニオン》の理（ことわり）であり、また《リユニオン》でも続く絶対のルール。

プレイヤーのセンス次第で、どんな強敵が立ち塞がろうと結果を覆すことができた。

ゲームスタート時にプレイヤーが天恵として授かることのできるセンスカテゴリーは、『闘』『魔』『心』『変』『夢』『天』という六つのうち、ただひとつ。

『闘』は「闘気」。身体に流れる力を己の意のままに象ることができるセンス。

『魔』は「魔導」。精霊を使役して、その精霊の持つ力を放つセンス。

『心』は「心奏」。人の心を読み取ったり、魂に働きかける能力を持つセンス。

『変』は「変幻」。物の形や、物の性質を変化させることができるセンス。

『夢』は「夢境」。夢や空想をそのまま創り出すことのできるセンス。

『天』は「天理」。世界の理を掌握し、一時的に操作するセンス。

プレイヤーはこれら与えられたセンスを駆使して、この世界を生き抜くのだ。

「さて……」

旧世界における陽翔の適性は、闘気。

それはここでも変わらなかった。

陽翔が自分に流れる力を馴らすように身体へ巡らせると、現実には存在しない気――懐かしい感覚が肌の上をなぞっていく。

インターフェースに表示されているステータスも、少しずつ上昇していった。

しかし――。

「……弱え」

内に流れる闘気が、六年前——小学生(全盛期)の頃と比べて大きく減じていることを自覚する。

闘気のセンスは、総量に比例すると言われており、特に闘気を使うプレイヤー同士の戦いは総量が結果に繋(つな)がることが多い。

「年を取ると、センスが落ちるって本当だったのか」

陽翔(はると)は指先でインターフェースに触れ、適当にスライドする。すると、音もなく消え去った。

「ま、いいけどな。今日は数合わせだし、それに……どうせ最初で最後のログインだ」

陽翔は持っていた通貨——５００ユロを使い、露店で割安な剣と防具を購入してから、クラスメイトたちとの合流場所へと向かう。

街中の風景を眺めながら歩いていると、郷愁(きょうしゅう)に似た気持ちが湧(わ)き上がった。

——やっぱり居心地(いごこち)が悪いな、ここは……。

息が詰まる。

昔のことを思い出しそうになって、陽翔は微(かす)かに眉根(まゆね)を寄せた。

「お、来た来た。天羽(あもう)クン、デジタルでもしけた面(つら)してんなぁ！」

「つーか、装備しょぼくなぁい？　もうちょっと、イカした装備あるっしょ？」

待ち合わせ場所に行った瞬間、挨拶(あいさつ)もなしにこれである。

ゲームの中でも、見た目は現実の彼らと同じだ。ここが教室であれば、コスプレしているようにしか見えないだろう。

田茂は革で作られた簡素な鎧。比屋根はローブを引っ被って、魔法使いのような出で立ちだ。ただ、ごてごてと何の効果もない羽根飾りやフリルなどの装飾をつけて、派手なファッションに身を包んでいる。入りたての初心者が陥りがちなパターンだ。

鼻で笑いたくなる。入って間もないプレイヤーを見下せるものではない。

「……帰るわ」

陽翔は仏頂面で彼らに背中を向けた。

「わー！　わりぃわりぃ！　ちょっとした言葉のあやだって！」

「よくよく考えたら、入ったの今だもんねぇ。あ、当たり前っしょー」

へらへらと笑いながら、田茂と比屋根のふたりがフォローする。

欠片も悪いと思っていない顔だ。ただ、クエストを受注するためのメンバーがいなくなったら困るだけで、相手が機嫌を悪くしたからとりあえず謝っておこうという態である。

陽翔は目の前のふたりをウザったそうに見返すが、なおも彼らは陽翔の機嫌を取るように愛想笑いを浮かべていた。

「まーまー。今回だけなんだし、楽しく行こうぜ！　な！」

「そーそー。笑顔笑顔。スマイルだってぇ！」

田茂と比屋根が逃がさないぞとばかりに、腕を引っ張ってくる。

鬱陶(うっとう)しいことこの上ない。『クエスト失敗』という目的を達成した時の、彼らの気落ちした顔を想像していないとやっていられなかった。

「つーわけで、天羽(あもう)クンさ。装備はいいとして、頼むからクエストをクリアする前にゲームオーバーにゃならんでくれよ。もう代わりはいねーしさ。クエスト受注できなくなっちまうし」

「このゲーム、まだＨＰ０になるとアカウント削除なのかよ」

「そうそう、ゲームオーバーな。天羽クンみたいなのは、すぐやられちまうから気をつけてくれよ」

「レギュレーション(制約)が残ってるってわけか……」

「それに、センスオーバーってのもある。合わせてスリーエレメントレギュレーション(三制約)って言うんだぜ。こっちも天羽クン、ヤバいだろ」

旧世界から続く、《リユニオン》の鉄の規約。

破ることで、現実への強制送還――即(すなわ)ちアカウント削除をもたらす。

ゲームオーバー。

セーフティオーバー。

そして、新しく作られたというセンスオーバー。

「天羽(あもー)、セーフティオーバー(不正)とかしてない？　あんた、そういうことばっかり詳しそうだしい、フッツーにズルしそうだしぃ」

今度は比屋根(ひやね)に訝(いぶか)しげな目で見られる。

「喧嘩(けんか)売ってんのか。不正の仕方すら知らねぇよ。ってか、センスオーバーって何だ。センスに関わることでアカウント削除されそうな字面(じづら)だけど」

「センスを磨(みが)くことを怠(おこた)ったらダメなんだってぇ。そういうの、関係なく遊びたいのにぃ」

「なんで、そんなもんができたんだよ」

「知らな～い。何か旧世界のトラブルが原因とか噂(うわさ)で聞いたけど～？」

ただ、どれだけ理不尽であっても、レギュレーションは絶対だ。違反したプレイヤーが、この世界に召喚されることは二度とない。

そこに例外はないのだ。どれだけの功績を残したとしても、伝説的なプレイヤーであろうとも、ゲームをプレイする資格を失う。

「なんにせよ、センスオーバーは一日二日でどうにかなるもんじゃなさそうだな。それがわかれば充分だ。早く行くぞ」

「急がなくてもいいだろ。今日で終わるけど、残り半日はクエスト受注できんのに。むしろ、準備とかさ」

「準備なんざ必要ないだろ、初心者(ルーキー)用のクエストに」

目的はクエスト失敗だし、陽翔(はると)としては一刻も早くこの世界から出たいのだ。

陽翔が強引に歩き出すと、ふたりは慌てて追いかけてくる。

「お、おい。待てって。天羽クン、行く場所わかってんのかよ」

「知ってるよ、クエストを受注するための冒険省だろ」

「よく知ってるな。やっぱり旧世界に参加してたからってやつ？」

「この程度のこと知らなくてどうするんだ。チュートリアルでやるだろうが」

陽翔は呆れ気味な視線をふたりに向け、冒険省の建物へと向かった。

つつがなくクエストを受注し、三人は街の外へと出る。

周囲一帯は草原で、整備された石の街道が真ん中を貫いていた。街に近いこともあって、アクティブモンスターもいない。雲ひとつない青空の下には、羊と猫の合いの子みたいなモンスターが草を食んでおり、のどかな景色が広がっていた。遠くを見やると巨大な山々がプレイヤーたちを悠然と見下ろしている。冒険をするに相応しい眺望だ。

しばらく街道を歩いていると、数名の冒険者たちとすれ違った。上級者に中級者、初心者が入り交じり、人種や装備も様々だ。

一様に活き活きとした顔をしており、無限に広がる幻想の世界を満喫しているようだった。

事実、ここにログインしっぱなしで暮らしているプレイヤーも少なくない。

「ねー、緑竜の肉どうする？」「シチューにしようぜ。確か魔導センスが上がるはずだ」「シチュー作ろうにも他の材料がホームに残ってねーぞ」「干し肉にして回復アイテムにした方が

「……」「上級肉だぞ、もったいねぇ。それなら換金した方がいい」

別パーティとすれ違うたび、些細（ささい）な会話が耳に入る。

「そぉいえばぁ、料理ってしたことないんだよねぇ。楽にできるらしいけど、どうなん天羽（あもー）」

「……」

「ねえ、天羽ってば。聞こえてるっしょ」

「……アイテムを合成するだけで簡単なものはできる。望みの結果が出るかどうかはセンスと確率次第。あとは慣れ」

「焼くとか煮るとかはぁ？」

「火種や鍋（なべ）がありゃできる。少し調べりゃわかるだろ」

すると、比屋根（ひやね）は不満そうに口を尖（とが）らせる。

「ってかさー。さっきから素っ気なさすぎっしょ。なんで嫌（いや）そうなのぉ。あたしらといるのがそこまで苦痛かっての」

「苦痛以外の何物でもない。俺は誰にも関わらず静かに過ごしたいんだ」

「何それぇ。ぼっちのがいいとか、アタマおかしいんじゃないのぉ？」

「お前らみたいなのに絡まれるよりよっぽどマシだ」

陽翔（はると）は煙たそうに手で追い払う仕草をする。

事あるごとに話しかけてくるのはまだいい。こいつらは自然に見下してきて、こちらに危害を与えてくる。好感など抱きようがなかった。

　第一、人数合わせとしか見られていないのだから、気分などよくなる理由がない。

「でも、天羽クンさ。なんだかオレらが嫌だってよりも、ここが嫌だって感じじゃね？」

……田茂に見破られたのは業腹だが、その通りである。

　陽翔にはもうひとつの目的がある。

　それはゲームオーバーとなって、もう二度とこの世界に入れないようになることだ。

　旧世界のアカウントを持っているというだけで、ログインできる優先権。

　そんなものがあるから、『入る』『入らない』の選択肢が出てきてしまう。選択肢が浮かぶたびに、思い出してしまう。

『入れない』にしない限り、見えない束縛は消えないのだ。

「なんで、《リユニオン》を嫌ってんだよ？　すげー楽しい世界じゃんか」

　田茂が信じられないと言わんばかりの声をあげた。比屋根も眉を顰めて陽翔を見ている。

　彼らにとって……いや、この世界に入ることのできたプレイヤーにとって、嫌気がさす理由などひとつもない。ログインできた時点で、すでにプレイヤーたちは『センス』を認められた者——選ばれし存在なのだから。

「旧世界の時から、そんなだったのかよ？」

　そんなことはない。

ここはプレイヤーを魅了する。

現実には見られない幻想的な風景はもちろんのこと、センスによる奥深いシステムはまさに夢のような体験をもたらした。

異世界を巡って旅する解放感、戦闘に臨む前の高揚感、すべてが上手(うま)くいった時の万能感。それらは決して現実(リアル)では得られない。

陽翔(はると)も例外ではなかった。かつては、彼らのように——いや、彼ら以上にこの世界が大好きだった。

けれど、それも六年前の話だ。

「…………」

陽翔は口を噤(つぐ)み、黙り込む。答えたくないというように。

「ワッケわかんね」「ホント、面倒くさいよねぇ」

嘲(あざけ)るように嗤(わら)うふたり。

どう言われようと構わない。むしろ同情される方が、よほど腹立たしい。

それから田茂(たも)と比屋根(ひやね)の益体(やくたい)もない話を聞きながらフィールドを歩いて、約十分。人の流れが多くなってきた。

「よっしゃ。比屋根、天羽(あもう)クン。着いたぜ」

三人が目的のダンジョンへと辿(たど)り着く。

湖の岸壁では獣の顎のように、入り口が開いていた。五人ほど入れそうな口から、薄暗い地下へと繋がっている。

周囲にはこれから中に入るために準備を整えているプレイヤーや、外に出て休憩中のプレイヤーがひしめいていた。

入り口で露天商を営んでいる者もいる。ダンジョン内や入り口での相場は街よりも高いが、街に戻る手間を考えれば……という上手い値段設定だった。

この辺りの作法というか、流儀は旧世界と変わらない。

何となく昔を思い出し、プレイヤーたちと目を合わせないように顔を伏せる。

「なあなあ、天羽クン。このダンジョン、攻略にどのぐらいかかるもんなの？　俺らまだ《リユニオン》始めて二か月くらいだからさあ、行ったことないんだよな」

「奈落の洞窟なら、一時間ぐらいだろ」

すると、比屋根がからかうように、陽翔へ身体を寄せる。

「やっぱ天羽詳しいっしょ。嫌そうな顔してても、ちゃんと六年も前のこと覚えててさぁ。やっぱ、この世界好きなんじゃないのぉ？」

「お前らだっていくら馬鹿でも呼吸の仕方は忘れねーだろ。つまりはそういうことだ」

「何それ、ひっどいの。天羽のくせにぃ」

「ごたくはいい。行くのか行かねぇのか」

そう言って急かすと、田茂が「まあ待てよ」と制した。

「先に内部を確かめておきたいんだよな。地図も昨日、買っておいたし」

すると、田茂の目の前にいきなりインターフェースが現れる。枠内には洞窟のものであろうマップが表示されていた。幾つかの分岐がはっきりとわかる。

だが、それよりも気になることがあった。

「……今、お前、ジェスチャーしたか？」

「え、何だ。ジェスチャーって。そんなん知らねーぞ？」

陽翔の疑問に、田茂と比屋根が首を傾げた。

「いや、インターフェースホログラフィーって、こうしないと出せないだろ？」

教えるように、プレイヤーリングをつけた指で虚空に線を描く。陽翔の指先にステータス用のインターフェースが現れた。

だが、ふたりはピンと来ていないようで、不思議そうな顔を見合わせるだけだ。

「インターフェースなんて、念じるだけで出せるっしょ？」

比屋根が簡単そうに言うと、彼女の目の前にもステータス画面が表示された。

「マジかよ」

一旦インターフェースを消去し、再度表示するよう頭で念じる。陽翔の目の前にインターフェースが現れた。

「うお、出た。こういうところは変わってんだな……」

興味深そうに呟く陽翔。

新しいおもちゃを手に入れた子供のように、目が活き活きとしていた。

「旧世界ではいちいちそんな面倒な真似してたんだぁ～。手間かかりそぉ」

「インターフェースを表示する時なんて限られてるからな。戦闘中に出すような暇はないし。逆に戦闘中にめちゃくちゃ早く表示して扱うようなやつもいたけど――」

そこまで言って、慌てて口を閉じる。

今までずっと不機嫌オーラを発していたにもかかわらず、ちょっと新しいシステムがあるだけで長々と語ってしまった。

恥ずかしいことこの上ない。頬が赤くなったのを自覚して、誤魔化すようにそっぽを向く。

「なんだぁ。やっぱり、天羽ってば楽しいんじゃないのぉ？　このこの～」

比屋根が挑発するように身体を寄せ、悪戯っぽく囁いた。

「んなわけねーだろ。技術的な興味があるだけだ！」

「はいはい、ギジュツテキギジュツテキぃ～」

拳を握り締めながら比屋根を睨み付ける。対照的に比屋根はからかうことが楽しいようで、目を細めてにやついている。

すると、田茂が自信満々な顔で、ふたりに向き合う。

「よし、マップ覚えたぜ。待たせたな！」

「ようやくかよ。遅えよ。園児でももっと早く覚えるぞ」

「なんか謂われのない八つ当たりを受けてる気がするんだが」

田茂が苛立ったように頭を掻き、比屋根も彼に同情するように肩を竦める。

周囲で休んでいるプレイヤーたちを尻目に、三人は入り口から中へと入った。

細い通路が長く緩やかに延びており、両脇の燭台が周囲を薄く照らしていた。おかげで近くまでは把握できるものの、光源の関係で奥まで窺えない。

先程のマップ通りならば先に三叉路があるが、それも見えなかった。

「うへぇ。初めて入ったけど、洞窟って怖えなぁ。奥から聞こえる風の音とかコウモリの羽ばたき音とか、リアルすぎてやべぇ。なんか湿ってるのが肌でわかるし」

田茂が不安半分期待半分の表情で周囲を見渡す。

「え。お前らって、もしかしてダンジョン入るの初めてなのか？」

「ああ、これが初だな。オレらの所属してるギルドの方針なんだよ。最初はフィールドで慣れろって言われてな」

「お前らギルド所属してるのかよ。だったら、クエストなんかギルドメンバーに手伝ってもらえばいいだろ。何で俺なんだよ」

「頼んだっての！　でも、今更初心者用のクエストなんて面倒だって断られたんだ」

「ひとりも協力してくれなかったのかよ。だせぇな、お前ら。教室じゃ我が物顔してるのに」

「しょーがねーだろ！　天羽クンだってうちのリーダー見りゃわかるぜ」

不機嫌そうに言い捨て、田茂は比屋根を連れて奥へと進んでいこうとする。

陽翔は慌てて引き留めた。

「っておい、ちょっと待て。隊列も組まずに行く気か」

「あ、そうだった。初のダンジョンに舞い上がっちまったかな。まさか天羽クンに指摘されるなんて不覚だったぜ」

「あー、役割分担ってヤツっしょ！　知ってる知ってるぅ」

ふたりが思い出したように足を止める。

田茂と比屋根はお互いを知っているだろうが、陽翔は彼らの実力も戦い方も知らない。逆もまた然りだ。

「オレの適性センスは変幻だ。色々と変化させられるぜ。剣を槍にしたり、手甲を盾にしたり」

「あたしのセンスはぁ、魔導なんだよねぇ。小さな炎の精霊と契約してるっしょ」

田茂と比屋根のセンスを聞いた陽翔は、少しだけ顰めっ面になる。

「変幻に、魔導か。後衛寄りのセンスだな。というか、比屋根。契約してる精霊たった一体かよ。他にいねーのか」

「いるわけないっしょ！　同時に扱えるのは、二体が限度だって言うしぃ、無理無理。魔導を知らないからって適当なこと言わないでよねぇ」

「そういう天羽クンのセンスは？」

今度は田茂が陽翔に尋ねた。

「闘気だよ。ってことは、今回、前衛は俺ひとりかよ……」

すると比屋根が、目を瞬かせる。

「闘気とか意外ぃ。夢境だと思ってたっしょ。センスって、そいつに一番合ったものを授かるしぃ。天羽とか、まったく闘気って感じしないんだけどぉ。超無気力そうでプププ」

「魔導だって、繊細な扱いを要求されるだろ。いかにもがさつそうなお前に言われたくない」

「あ、あんですってぇ!?」

怒る比屋根を「天羽クンの言うことなんて気にするなって」と田茂が止めた。

「ま、何にせよさ。ここはお互いしがらみを捨てて協力していこーぜ。天羽クン」

あらためて隊列を組む。

鉄則に従い、闘気センスの陽翔は前衛。先頭を進んでいく。田茂と比屋根はその後ろに付いた。

「……来るぞ。モンスターだ」

「わかるもんなのか？」

「闘気は気配に反応するから、敵の存在や位置をある程度把握できるんだよ。二体だな」

一本道の通路を進むと、陽翔の言葉通り、二体の獣（けもの）タイプのモンスターが待っていた。

『ガルルルルルル……』

「狼（おおかみ）のモンスターだ！　初めて見たな」

頭上にはＨＰを示す、緑のプログレスバーが浮いている。銀色の毛並みはモンスターであることを忘れてしまうほど美しいが、大きく開けた口は獰猛（どうもう）で、鋭い牙（きば）が覗（のぞ）く。飢餓に陥（おちい）っているのかというぐらい鼻息荒く、射竦（いすく）めるような瞳（ひとみ）が爛々（らんらん）と輝いている。

慣れていないプレイヤーには、この見た目だけでも脅威となる。犬のようではあるが、身体（からだ）は一回り大きい。現代ではお目にかかれない魔物が、殺気を纏（まと）って涎（よだれ）を垂らし、今にも飛びかかろうとしているのだ。

無論、これはあくまでゲーム。噛（か）まれたところで痛みがあるわけではない。センスを使わない限りダメージ計算式に従ってＨＰが減るだけだが、わかっていても怯（おび）えるプレイヤーはいる。現実じみたリアリティがある以上、獰猛な生物への畏怖（いふ）は簡単には拭（ぬぐ）えない。

ふたりは大丈夫なのかと、背後にちらりと目をやると――。

「うおおおおおおおおっ！」

田茂が頼りないナイフを手にいきなりモンスターに突っ込み、

「あああああああああああああ」

比屋根も同じく、杖（つえ）を握り締めてそれに続く。恐怖で我を忘れたかのように。

「ちょっ……！」

変幻や魔導の使い手が、こんな危険な真似をする必要はない。

ひとり旅のプレイヤーであれば別だが、闘気使いがいればそのプレイヤーを盾にしつつ、モンスターを攪乱したり、後方で援護したりするのが主な役目だ。

「後衛ふたりが何で前衛よりも突っ込んでんだ！　タコども！」

クエストを失敗させるという目的も忘れて、陽翔はふたりの援護に回った。

陽翔の闘気は昔に比べて著しく減っていたが、昔とった杵柄――経験を身体が覚えていた。

キャンペーンクエストのような初心者用のクエストで出てくるモンスターに後れは取らない。

目の前で吠え立てていた二体の狼は、田茂と比屋根に気を逸らされ、陽翔の剣戟に斬り刻まれて、ようやく地に伏した。

「よっしゃあ！　オレたちってすごくね？」

「雑魚敵に苦戦するようじゃ話になんないっしょー」

亡骸を見下ろして、田茂と比屋根は得意そうな顔をしているが、陽翔は反対に溜息を吐くほかない。

彼らの頭上に表示されているＨＰのプログレスバーが、四分の一ほど縮んでいた。最初の雑魚敵相手にＨＰを減らしているようでは先が思いやられる。

彼らが陽翔の援護なしで、ダンジョンの奥まで辿り着くことは不可能だろう。ましてや、ボスなど倒せようはずもない。

「あんまはしゃぐなよ。雑魚敵倒したぐらいでみっともねーぞ」

「つか、天羽クンも、結構凄くね？　意外すぎて別人かと思った」

「牙とか爪を躱してカウンターで一撃とか、あんた何ぃ？　イカサマぁ？」

「慣れてりゃどうってことねーよ。このレベルのモンスターはそこまで動きも速くねーし、充分目で追える」

「化け物が牙剥いて襲いかかってくんだよぉ、あんた怖くないのぉ？」

「攻撃を怖がってるようじゃ、闘気使いは話になんねーんだよ」

「マジで意外だったな。正直なところ、ただの人数合わせだと思ったのに……」

田茂がここに来て本心を吐露するが、今更気にもならない。

むしろ引っかかるのは、この程度のモンスターに自分が三十秒もかけてしまったことだ。

以前なら、一秒もいらなかった。足に闘気を通して超スピードで接近、闘気を纏った剣で一閃。それだけだ。

広さの限られた空間なら、壁も天井も床同然。

仲間に剣を作ってもらって、仲間に強化してもらって、仲間に動けなくしてもらって——

全力の闘気で頭からぶった斬る。

しかし今、かつての仲間はもう誰もいない。

「……ったく。いい加減にしろよ、俺」

過去の記憶を追い出すように、陽翔（はると）は小さく頭（かぶり）を振る。

「よし、奥へ進もうぜ！」

「うんうん、盛り上がってきたっしょ！」

田茂（たも）と比屋根（ひやね）が、我先にと奥へ突き進む。

「だから、後衛のプレイヤーが先に行くなってての……！」

隊列などおかまいなしだ。陽翔は不服そうに独りごちて、彼らの背中を追いかけた。

しばらく歩いていると——突然、周囲の色が変化する。

今、瞬間的に空間が入れ替わったことを、陽翔は闘気を通じて感じ取った。

「どういうことだ……？」

淡い青だった壁や床の色は、明るく照らす黄金色（こがね）になっている。

角張った岩を敷き詰めた通路は、ある地点を境として平坦（へいたん）に整形されていた。

——明らかな、違和感。

「なんだか綺麗（きれい）になってきたな」「すっごーい。これだけでも来た価値ありってカンジー」

黄金色に淡く輝く壁や天井はとても豪奢（ごうしゃ）で、宝物庫のように見えなくもない。

またゲーム内オリジナル言語の古代文字が一面に彫られていて、隠された遺跡という雰囲気が漂っている。

田茂や比屋根はキラキラした瞳で周りを見渡しており、異常さに気付いていない。無邪気にはしゃぎ回っているだけだ。

「空間ごと転移するダンジョン……？　そんなの旧世界でも見たことない。ってか、奈落の洞窟にそんなエリアなかったぞ。なんか色々と妙な気が……」

奈落の洞窟は旧世界にあったものと同じだ。入った当時のことは詳しく覚えていないが、こんな仕掛けがあったという話は聞いたことがない。

――バグでも起きたのか？

陽翔が頭を捻っていると、ふたりが面倒そうな顔で振り返った。

「テンション下がるから、くだらないこと気にすんなって。天羽クン、ビビりすぎ」

「《リユニオン》になって、そういう新しさが出てきたってことじゃないのぉ？　何かモンスターもあんま出なさそうだし、楽勝っしょ」

田茂も比屋根もまったく危機感を抱いていないが、陽翔はどうしても違和感を拭えない。

「それだよ。モンスターの気配まで一切しなくなった。隔離されたみたいに。このダンジョン、明らかにおかしいぞ。《リユニオン》の仕様なのか？　いや、それでも変だ……」

「初心者用だからじゃねーの。天羽クン、心配しすぎだって」

「進むしかなくなぁい？」

「今更戻るのもビミョーだよな」

言いつのるふたりに、陽翔は溜息を吐く。

「どうなっても知らねーぞ」

警告はしたのだ。どうなろうと知ったことではない。

しばらく道なりに進む。

すると、少し歩いただけで行き止まりとなる小部屋へと辿り着いてしまった。ここまでの時間は二十分と経っていない。

「罠もなければモンスターも出ない……」

その上――、

「ボスまでいないって、どういうことだ？」

ダンジョンの奥には、必ずボスが待ち受けている。それがこの世界の常識だ。

「うーん、ちょっとヒョーシ抜けっしょ。楽なのはいいんだケドぉ……さすがにぃ、変？」

「一本道だったな。マップじゃもっと入り組んでたはずだぜ。天羽クン。教室程度の狭っ苦しい部屋だけど、ボスが隠れてるとかあったりする？　壁の中とか」

田茂に訝しげな顔を向けられると、陽翔は首を振った。

「マジでいない」

闘気を流している肌は、モンスターの気配を示さない。ステルスとなっているわけでも、擬態をしているわけでもなかった。

「変だなぁ。ボスがいないクエストとは書いてなかったんだけど」

「それでぇ。あるのは、これひとつだけだけどぉ……」

比屋根（ひやね）が手に持った杖（つえ）で指す。

部屋の中央には、嫌（いや）でも目に入る巨大な宝箱が鎮座していた。

「開けても大丈夫なのぉ……？」

「さあ……。なあ、天羽クンが開けてくんね？」

「え、やだよ。なんで俺が」

確かに昔は傷付くのも顧（かえり）みずに率先して宝箱を開けていたが……。

「うんうん、こういうのって闘気使いが開けるもんなんっしょ？　飛んでくる針とか、噴き出す毒霧とか、闘気で防いだりさぁ」

「……そういう余計なことは知ってやがるのか」

「頼むよー、天羽クン。いつか、ちゃんと礼はすっからさ」

比屋根も田茂も薄ら笑いを浮かべて、「いいから開けろ」と顔に書いている。

ふたりを懲（こ）らしめるという目的は果たせそうにないが、ここで揉（も）めるのも面倒だし、いつまで経（た）ってもログアウトできなくなる。

ここまで来たら、せいぜいロクでもない罠（トラップ）でも発動して、彼らごとゲームオーバーにしてくれることを祈るしかない。

「わかったよ」

陽翔（はると）は渋々と宝箱に向かい、蓋（ふた）に手をかけた。

重い蓋を勢いよく開ける。――何も起こらない。

陽翔は身を乗り出して、箱の中を覗（のぞ）き込んだ。

ひとりの少女が、背中を丸めて寝ていた。

露出の多い装備。腕には白銀のガントレット、脚には同色のグリーヴがあった。太ももにはホルスターが装着され、武器である拳銃（けんじゅう）が入っている。

細くしなやかな腰まで伸びたブロンドの髪が、身体（からだ）に添うように流れていた。

美術品のように整った小さな顔に、白百合（しらゆり）のような白い肌。

造形美を突き詰めたかのような釣り合いの取れた身体。

一目（ひとめ）で、人を惹（ひ）き付けるほどの美貌（びぼう）。

その姿が目に入った瞬間――呼吸すら忘れて、少女に見入った。

――あり得ない。

頭に浮かぶのは、そんな否定の言葉だけ。

だというのに、この少女から目を離すことができない。

宝箱に美少女が入っていることからして常軌を逸した事態だが、そうではないのだ。

見入った理由は、ただひとつ。

その少女を――。

ここにいるはずのない少女を――。


誰よりもよく知っていたからだ。


「――」

まったく動けずに固まっていると、宝箱の中にいた少女がもぞもぞと動き出す。

「んにゅ……」

寝言か譫言か判別のつかない言葉を発して、目を擦りながら身体を起こした。

眠そうに欠伸を噛み殺し、そこで陽翔に気付く。

「あれ、陽翔？」

「旭姫……」

空閑旭姫。

かつて、パーティを組んでいた仲間。

そして。

もう二度と会えないはずの、幼なじみ。
・・・・・・・・・・・・・・・・・・
「どうしたの、陽翔(はると)。ぼーっとしちゃって。珍しい」

彼女は宝箱に跨(また)がるようにしてそこから出る。

陽翔はまともに動けなかった。

幽霊でも見たかのように、呆然(ぼうぜん)と目を見開いて少女を眺めるしかない。

しばらくそのまま固まったあと、陽翔は疲れたように目頭(めがしら)を手で押さえて、

「この頃、暑かったからな……」

充分に心を落ち着けてから、ゆっくりと手を退(ど)ける。

陽翔の前に少女の姿はなかった。

「……当然だよな。いるわけない。相当、脳が疲れてるんだな。まったく、さっさとログアウトして頭の中をリフレッシュしないと」

肩を竦(すく)めた瞬間、

「わ!」

「うおっ!」

背中に衝撃。

思わずつんのめる。振り返ると、少女が悪戯っぽい笑みを見せる。

いつの間にか移動していた少女に、後ろから押されたのだ。

「……マ、マジかよ。バグじゃねぇのか……」

触れられた。一瞬だが、体温も感じた。間違いなく少女——旭姫は実体を持っている。

「バグって？」

旭姫は身を乗り出して陽翔の顔を覗き込んだ。昔と同じ懐かしい仕草に、陽翔の鼓動が跳ね上がる。

陽翔はすぐさま一歩下がるが、息が合わさったかのようにぴったりのタイミングで旭姫が身を寄せてくる。逃げられることを嫌ったのか、腕まで摑んできた。

「なんで離れようとするの？　なんか陽翔、変」

「あ、あー、なんだ……お前は、その、空閑旭姫で間違いないのか？」

「？　何言ってんの？　あたし以外の誰に見えるの」

陽翔は咄嗟に額を押さえた。

「きっと夏の病だ。網膜か水晶体に何か疾患ができたに違いない。それかシステムエラー！　何がどうなってんだ。わけがわからねぇ……。なんでコイツが今更……ッ！」

「あはは。もう陽翔ってばどうしたの。顰めっ面なんて、全然似合わないんだから」

旭姫は腕を放すと、今度は陽翔の両頬をぐにっと摑む。さらに目蓋や口元を引っ張り、どうにか笑わせようと手を動かす。

「ほらほら、笑って笑って」

ふたりの目が合う。

少女の瞳(ひとみ)には、しっかりと意思が灯(とも)っていた。

明確に、プレイヤーとしての存在感がある。

陽翔は旭姫に顔をおもちゃにされたまま、深呼吸をした。

「……根本的な疑問なんだが」

「え?」

「お前、なんで宝箱の中にいたんだ?」

今気付いたというように、陽翔の顔から手を放して、少女はキョロキョロと周りを見渡した。

「んー? ……わかんない」

「わかんないってお前」

「だって、気付いたら陽翔が目の前にいたんだもん。なんであたし、ここにいたの?」

「俺に聞くなよ! お前、おかしいとか思わないのか?」

旭姫は不思議そうな顔をしてから、

「どうでもいいんじゃない?」

本当に気にしてないように、にはは、と笑っている。

陽翔は溜息を吐くしかない。半ば予想していた。

——実に、空閑旭姫らしい反応だ。

もし旭姫がいれば、まさしくこんな言動をするはずだ。仮にＡＩが喋っているのだとすれば、よくここまで忠実に作れたものだと感心してしまう。

「……えーっと、天羽クンの知り合いなのか？　もしかしてクエスト用のＮＰＣ（ノンプレイヤーキャラクター）ってやつ？」

「ってかさぁ。何で宝箱の中にいたのぉ？　そんな娘と知り合いっておかしいっしょ」

完全に存在を忘れていた田茂と比屋根が、恐る恐る陽翔たちに近づいてくる。

彼らもこれが異常事態だと思っているのかもしれない。瞳に僅かな困惑の色が窺えた。

「ねぇ、陽翔。誰、この人たち。知り合い？」

田茂と比屋根のふたりを見て、旭姫が訝しげな顔を作る。

「……クラスメイトだよ」

「あれれ。クラスにいたっけ？　あたし、見たことないんだけど」

話が噛み合わない。

当然だろう。彼女が高校でのクラスメイトを知るわけがない。

「あー……。ひとまず、ここを一旦出よう」

問題を先送りにするように陽翔は踵を返した。

首を傾げながら、入ってきた場所と同じ出入り口からダンジョンを出ると、他のプレイヤーたちが、入った時と同じようにたむろしていた。太陽はまだ落ちておらず、夜というにはまだ早い時間帯だ。このエリアが活発となるのは夜のため、もう少し経てばここも人がもっと増えるだろう。

彼らは出てきた陽翔たちを一瞥し、幾人かが旭姫を見てギョッとする。まじまじと旭姫の姿を見て囁き合っていた。

「あれって……嘘だろ?」「ねーよ。他人の空似だろ。だって、あいつは……」「装備ショボいけど、よく見れば連れって――」「有名人か何かっすか?」「知らねーのかよ、これだから新参は」

ざわめきが少しずつ大きくなると、陽翔は顔を伏せ、身体で旭姫を意識的に隠す。

入り口から離れると、クラスメイトふたりは用は済んだとばかりに背中を向けた。

「よくわかんねーけど、キャンペーンクエスト、クリアってなったから! サンキューな、天羽クン。それじゃオレ、ギルドに報告しに行くから、もうお前どこ行ってもいいぜ」

「お疲れっしょ。もう夏休みに会うことはないと思うけど、じゃあねぇ。二学期にも会うことがないといいんだけどぉ」

手をひらひら振りながら立ち去る。

結局いいように使われてしまっただけに終わったが、もはやそんなことはどうでもよかった。

残されたのは陽翔と、

「ねーねー、陽翔ー。なんでさっきから黙ってるの〜」

宝箱に入っていた空閑旭姫。

「ねーったら〜！」

旭姫は先程から陽翔の肩を叩いたり、脇腹を突ついたり、髪を引っ張ったり、袖を摘まんだりしている。反応しないことに対して、ぷりぷりと不満を溜め込んでおり、頬が少しずつ膨らんでいる。

陽翔は「幻聴、幻聴だ……」と無視して、青い顔をしたまま歩き出す。

「陽翔！　無視するなんてヒドいよ！　しまいには怒るよ！　怒っちゃうよ！」

ふたりは半ば寄り添うように歩き、木々の隙間を通って森の中に入った。

ダンジョンからは随分と離れたようで、次第に喧騒が聞こえなくなる。

そこでようやく陽翔が旭姫に向き直った。

「もー！　陽翔、さっきからなんであたしのこと見てくれないかな！」

「偽者だろ？　悪戯にしちゃ質が悪すぎる！　運営の差し金か!?　久々に戻ってきたプレイヤーに対して、悪趣味すぎるだろ！　こっちは過去を断ち切ろうと、この世界に入ったってのに……！」

　それなのになぜ、過去の象徴とも言える旭姫が目の前にいるのか。

　悪意に満ちた毒蛇に、身体を締め付けられている気分だった。

「偽者ー？　どうして、いきなりそんなこと……。あ！　もしかして、クライヴと変幻使った遊びでもやってるの？　ズルいよ、あたしも交ぜてよ～」

　まったく話が伝わらない。

「真面目に聞け。お前が、旭姫のはずがないんだよ！」

「むー……なんで？　どうして？　あたしは旭姫だよ」

「違う！　絶対に違う！　お前は六年前に――」

　そこで口が止まってしまう。

　唇が縫い付けられたように、言葉を紡げない。

　当時のことは六年経った今でも、鮮明に思い浮かぶのに……。

　旧世界を崩壊させた忌まわしき事故が、まるで昨日のことのように追憶される――。


『ユニオンダウン』。

　あるひとりのプレイヤーがゲーム中にゲームオーバーとなり、それと連動するかのように現実でも息を引き取った事件の呼称だ。

死亡原因は心不全。

当時は全国紙の一面に載るほど、センセーショナルな話題となった。

その死亡者こそが、陽翔(はると)のパーティメンバーであり、幼(おさな)なじみでもあった少女——。

空閑旭姫(くがあさひ)だった。

『小学生の少女がオンラインゲーム中に謎(なぞ)の死』

『ゲームシステムに不備が？　運営の安全管理に、疑問視』

『エンターテインメントゲームが、一転デスゲーム!?』

『ゲーム中の死と、現実の死が連動？』

新聞紙や週刊誌、ネットニュースはこぞって取り上げ、運営やプレイヤーたちにも数多くの取材が来た。

もちろん、旭姫とパーティを組んでいた陽翔たちにも取材の手は伸びている。

死亡事故を受けて、《ユニオン》は即座にサーバーを緊急停止。

再開することなく、運営の記者会見と共に正式にサービスは終了した。

事件以降、ＭＭＯＲＰＧ界隈(かいわい)や、ＶＲＧ(ヴァーチャル・リアリティゲーム)は、安全性について大きく見直されている。

だが、ゲーム中の死亡と現実での死亡についての関連性は終(つい)ぞ認められず、システム面の不備について追及はなくなった。ただただ、『心臓が弱く、ゲームの激しい刺激に耐えられなかったのだろう』というゴシップ誌の適当な見解が事実のように流布(るふ)され、事件は終息した。

そして、世界は再び、いつもと同じように回り始める。

空閑旭姫という少女を除いて。

――だから、と陽翔は少女に向き直る。

「旭姫はあの時、死んだはずなんだ……！」

目の前にいる彼女を否定するように、擦れた声で言い切った。

「うらめしや～……なんちゃって！　死んでるわけないじゃん。死んでたら、あたしはなんなの？　幽霊？　生き霊？　足はちゃんとあるよ。透けてないし」

だが、旭姫はまったく信じようとしない。剥き出しの脚を気にもせず、彼女は腰に巻かれたスカートのような布をぴらりと持ち上げる。

「あ、相変わらずアホなことを……。だったら聞くが、今のお前はどこからログインしてるんだよ。言ってみろ」

「あたしの部屋だよ。あたし、他にログインできる場所知らないし」

「話にならん。じゃあ、大サービスでもうひとつの質問だ。この六年間、お前は何してた」

「六年間って何？　昨日まで陽翔たちと一緒に遊んでたよ。昨日のプール楽しかったよね～。また行きたいな」

額を押さえて途方に暮れる。

六年間の記憶がない。彼女はあの日からずっと、ここで眠っていたとでもいうのか？

話がホラーじみてきている。

そんなわけはない。陽翔（はると）自身も、仲間たちも、旭姫（あさひ）の家族すらも、彼女の死を事実として受け止めたのだから。空閑（くが）家は仲のいい家族だった。あの、おばさんの泣き腫（は）らした瞳（ひとみ）が嘘（うそ）だったとでもいうのか。

「……プール？」

そこで、はたと気付く。

陽翔が視線を向けると、旭姫は変わらず気楽そうに笑っていた。

恐る恐る問う。

「……プールで誰が溺（おぼ）れたか、覚えてるか？」

「希（のぞみ）でしょ？　足をつって大変だったよねー。すぐに陽翔たちが助けに行ったけど、皆（みんな）、泳ぐのすっごく速かったよね。ビックリしちゃった」

まるで昨日のことのように、旭姫の口からすらすらと言葉が出た。

「な、何で知ってる……？　偽者なのに」

希が溺れたことを知っている者はほとんどいない。希に「親がすごく心配するから内緒にしてほしい」と請（こ）われ、幼（おさな）なじみたちだけの秘密にしたのだ。

「むう、まだ続いてたの、その遊び。本物だからだもん。九に日って書く旭（あさひ）に、姫（ひめ）で旭姫」

転がっていた枝を取って地面にがりがりと書き始める。

困惑情報追加。筆跡まで似てやがる。

「……今、西暦何年だと思ってる？」

「二〇三四年でしょ？」

違う。

それは、旭姫が死んだ年——没年だ。

「今は……二〇四〇年だ」

「あははは っ！　何言ってんの、陽翔？　なんで六年後になってるの。あはははは っ！」

話を聞いて旭姫は笑いを堪えきれないように腰を曲げて笑い始めた。

本気で笑っていて、苦しそうですらある。

だが、陽翔はまったく笑えない。

「……インターフェース開いて、確認してみろよ」

「まったくもー、皆であたしを騙して笑う気？　どうせ、皆近くにいるんでしょ。絶対、驚かされたりしないいんだからね」

目に涙を溜めて笑うのを堪えながら、旭姫は手慣れた仕草で右手の指をジェスチャーする。

人差し指に嵌められたプレイヤーリングをなぞるように光のラインが左右左と動くと、小さな正方形のインターフェースホログラフィーが旭姫の目の前に浮かび上がった。

彼女が設定関連のインターフェースを表示し、右上に描かれた日付に視線を合わせる。

笑いを堪(こら)えていた表情が、素に戻るのに時間はかからなかった。

「二〇四〇年七月二六日……？」

旭姫(あさひ)が首を捻(ひね)る。

「……何が起こってるの？　バグか何か？」

こうなってくると、陽翔(はると)も演技とは思えなくなってきた。

自分が死んだことにも気付いていないなんて、いかにも彼女らしいのだ。

「バグなら入り直せば戻るかな。あたし、一旦(いったん)ログアウトしてくるね」

旭姫はログアウトをするべく、インターフェースを操作する。

しかし——。

「あ、あれ？　ログアウトできない？」

エラーが出ていた。

『ログアウトをしますか。はい／いいえ』のメッセージが出てこない。

「ねー。陽翔もやってみてよ」

陽翔は言われた通り、ログアウトのインターフェースを表示し、ログアウトボタンを押す。

「ほらよ」

すると、旭姫には出なかった『ログアウトをしますか。はい／いいえ』のメッセージが表示された。

「な、なんでぇー？」

怒ったように頬を膨らませる。餌を頬張りすぎたハムスターか。

「まったくもー。でも、ログアウトできないなら仕方ないかー」

誰がどう考えても完全無欠に重大な事態なのに「仕方ない」で済ませてしまう。

こんなところも旭姫っぽくて、それがまた陽翔を戸惑わせた。

「とにかく、ログアウトしなきゃ始まらないよね。だから、陽翔」

彼女はこちらに顔を向け、

「協力してよねっ」

久々に見たニッコリとした笑顔に、不覚にもドキリとする。

子供の頃から散々向けられてきた彼女の笑顔は、何ら変わらない。

むしろ、久々に見たせいか魅力が増しているように映る。蕾のような可愛さが、大輪の花へと成長を遂げたかのように。

思わず絆されそうになり、陽翔は慌てて首をぶんぶんと振る。

「いやいやいやいや！　協力って、俺はお前を本物と認めたわけじゃないんだが!?」

「じゃあ、何をすれば信じてくれるの？　あっ、太ももの付け根にあるホクロを見せればいい？　一緒にお風呂入った時、見たことあるよね？」

「い、いや、いいよ、そんなの！　やめろっての！　アホか！」

「え？　じゃあ、お尻(しり)の方？　陽翔(はると)が見つけてくれたホクロ」

協力と言われても、陽翔には彼女をログアウトさせる力もなければ、心当たりもないのだ。

だが今は、下を脱ぎ始めた旭姫(あさひ)を止めなければならなかった。こんな場所でストリップを始められては堪(たま)らない。

「わかった！　協力するから！　と、とにかく運営に連絡しよう」

陽翔はすぐにインターフェースを表示した。

頼みの綱である運営へ緊急メッセージを送信。

旭姫がログアウト障害に陥(おちい)っていることを通達した。

……しかし、である。

『空閑(くが)旭姫様のアカウントは登録されておりません。もう一度ご確認のほど、よろしくお願い申し上げます』

結果として、簡素なメッセージが戻ってきただけだった。

「だってよ。お前いないってよ」

「むむう。運営まであたしの存在を認めないなんて……よくわかんないけど、参っちゃうね。このままじゃ本当に幽霊になっちゃうよ」

「俺にとっちゃ幽霊みたいなもんだっての。というか、運営も完全に信じてないな。幻覚でも見たんじゃねーの？　って言外に言ってる気がする」

膨(ふく)れっ面(つら)な旭姫だったが、突然、いいことを思い付いたようにパンと手を打つ。

「そうだ、皆(みんな)はどうしてるの？　もうこの時間だと全員がログインしてきてるんじゃない？　皆にも協力してもらいたいな。力を合わせれば、きっとなんとかできちゃうもん。あたしたちなら」

「皆……」

「咲月(さつき)は？　貴法(たかのり)は？　希(のぞみ)は？　クライヴだったら、時差もあるし、もう絶対にいるでしょ」

旭姫の口から次々と飛び出す、かつての仲間たちの名前。

彼らの名前を聞いた瞬間、陽翔の表情がぎこちなく固まった。

「ねえねえ、陽翔。皆は？」

「……知らねぇよ」

「えー。そんなわけないでしょ。皆、同じ学校なのに。あ、クライヴは違うけどさ」

「知らねぇもんは知らねぇよ。もうあの頃とは、違うんだよ……」

「んー。でも、陽翔の姿は同じだよ？　装備は違うみたいだけど」

「だから。昔はクライヴの変幻で大人の姿になってたけど、俺たちはもう本当の大人になってだな……」

「？？？」

旭姫が首を傾(かし)げる。

どう説明したものか、あるいはどこから説明をするべきか。

頭を悩ませていると、纏(まと)った闘気がピリピリと肌を刺激した。

「……これは」

強烈な闘気の気配。

「あれ？　誰かこっち来るね」

旭姫(あさひ)も気付いたらしく訝(いぶか)しげな表情を浮かべる。

幾何(いくばく)もしないうちに、陽翔(はると)たちの前に数人のプレイヤーが現れた。

「ヒュウ……！　本物(マジモン)じゃねぇか」

口の端(は)を曲げて、巨漢の男が進み出る。

炎のような赤い髪と、屈強な筋肉を誇示した半裸の出(い)で立ち。

筋肉イコール力という世界ではないが、相応の力量がなければ見た目まで変わることはない。

陽翔の感じた闘気は間違いなくこの男のものだろう。全身に纏ったレア装備やただならぬ雰囲気からも、上級者(エキスパート)だということがわかる。

他にも取り巻きの男が四人ほど。中級者(インコンプリート)たちで、レア装備も一点、二点装備している。腕もそこそこ立ちそうだった。

その中に、先程別れたはずのクラスメイト、田茂(たも)もいた。

「田茂。こいつで間違いねぇな？　宝箱から出てきたアサヒとかいう女は」

「はい。天羽(あもう)クンがそう呼んでたんで、多分……」

巨漢の男は好戦的な笑みを漲(みなぎ)らせ、旭姫を無遠慮な目で撫(な)で回すように見る。

「ほぉ……」

「な、何？　イボイノシシみたいな目で見ないでよっ」

生理的嫌悪感を抱いたのか、旭姫が気味悪がるように陽翔の背中に隠れた。陽翔の肩越しにそーっと巨漢の男をチラ見する。

「似てる。いや、間違いなく旭姫だ。まさか死んでなかったとはな……。まあ、こいつらは全員、死ぬようなタマじゃなかったがな。それに――」

男は、傲岸(ごうがん)な眼差(まなざ)しを陽翔にも向けた。

「お前まで戻ってきていたとはな。陽翔よォ。会えて嬉(うれ)しいぜぇ？」

「え。なんでレオーノヴィチさんが天羽クンのこと知ってんすか……？」

田茂が驚いた様子で、レオーノヴィチと呼ばれた男に質問する。

レオーノヴィチは、獰猛(どうもう)な笑みをさらに深めた。

「噂(うわさ)ぐらいは聞いてねぇか？　旧世界で伝説となったパーティのことを」

「は？」

予想外の返答だったのか、田茂が目を白黒させる。

「『闘』『魔』『心』『変』『夢』『天』の六つのセンスを極めたパーティ。バカみてぇな数の固有(ユニーク)

技(スキル)で敵を圧倒する〈千獣千技(レグルス)〉の闘気使い陽翔(はると)に、〈未来視(プロフェアータ)〉で万難を排し、確たる〝勝利〟を手繰(たぐ)り寄せる心奏使い旭姫(あさひ)。こいつらだけじゃねえ。他の連中も規格外だった。決して負けず、苦戦すらしない。かつてＰＫ(プレイヤーキラー)の名うて百人が束になってかかった時ですら、ものの数分で鼻歌交じりに撃退したって伝説もある。で、それすらも氷山の一角っつー、チートじみた連中だ」

「ウ、ウソでしょ？　天羽(あもう)クンが……あの伝説の？　こ、こんなやつがそんな凄(すご)いわけ……」

猫の子だと侮(あなど)っていたら虎の子だった——そんな動揺が、田茂(たも)の顔に貼り付いている。口許をひくつかせ、信じられないものを見る目を陽翔に向ける。

「六年前を知らないから言えるんだろうよ。こいつらの戦いを見ていたら、そんな軽口を叩(たた)けなくなる。当時のオレに持って生まれたセンスの差——絶望を植え付けてくれやがったからな」

「そ、そんな……。レオーノヴィチさんが絶望……!?」

さっきから名前が微妙に引っかかる。

特徴的な姿と名前。喉元(のどもと)まで正体が出かかっていたが、やはり未(いま)だに思い出せない。

すると、旭姫がぽんと手のひらを叩く。

「何度も陽翔に絡んでる人じゃない？　もしかして」

「あ……、あ。あー！」

記憶の底から、昔の彼の姿が浮き上がる。

当時はまだ高校生ぐらいで顔にも幼さを残していたが、六年経って相応の顔つきに変わっていた。

だが、筋肉を誇示する仕草や口調は確かに覚えがある。

「随分と老け込んだね。どうしたの？　何があったの？」

旭姫が無邪気に言う。

「ようやく思い出してきた。そういや、いたな。こんなの」

陽翔も懐かしさを噛みしめるように言うと、レオーノヴィチが怒りに身体を震わせる。

「い、いたな、だと!?　忘れてやがったのか、てめぇ！　もうあの頃のオレじゃねぇ！　オレは新しいセンスを開花させた！　この世界でのオレは【剛拳】、レオーノヴィチ・ベズボロドフだ！」

レオーノヴィチは拳を構え、力任せに地面に叩きつけた。

爆音。地雷が起爆したかのように土砂が巻き上がる。

土煙が晴れると、レオーノヴィチのいた場所はクレーター状に窪んでいた。

「これが、《リユニオン》が始まってから死に物狂いで！　何度も何度も壁を殴り！　爆発のイメージを強くして！　ようやく生み出した俺の最強センス！〈火薬剛拳〉！」

「……拳の触れた場所を爆発させる闘気センスか」

インパクトと同時に、闘気を一瞬で膨張――地面を爆発させたのだ。

かつては拳の形をした闘気を飛ばすことしかセンスのなかった男が、随分と破壊力を身に付けたものだと僅かに感心する。

「そうだ！　どうだ！　見たか！　オレは六年前に比べて、遥かに強くなった！　今ならお前らだってメじゃねぇ！」

火薬のような爆発は、現実で起こっていれば確実に人を殺傷していただろう。

しかし――。

「うーん……。それじゃ、厳しいんじゃないかなぁ。死に物狂いで身につけたのはわかるけど、これぐらい陽翔だったらすぐにできちゃうよ？」

旭姫は溜息を吐いて、陽翔の肩越しにガッカリした視線をレオーノヴィチに送っている。

「いや、俺は――」

「チッ、何言ってやがる。今の陽翔からは……っと、借りを返すのは後でいいさ。今は旭姫、てめぇに用があるんだからな」

レオーノヴィチは陽翔の後ろにいる旭姫に手を差し出した。

「オレたちの仲間になれ、旭姫」

「……え？」

「お前のセンス、〈未来視〉は大きな武器になる。オレの下に来て、役に立て」

旭姫は何を言っているのかわからないという風に首を傾げる。

「何言ってるの？　あたしにはもう最高の仲間がいるんだから。皆と離れるぐらいなら、《ユニオン》やめちゃうし」

すると、レオーノヴィチはククッと、底意地の悪い笑みを口元に浮かべた。

「もうお前のパーティは存在しねぇのにか？」

旭姫がキョトンとする。

「えっと。もしかして、日本語の翻訳が上手くいってないの？　パーティが存在しないって、陽翔がここにいるのに、そんなわけないじゃない。ねえ、陽翔？」

「………」

旭姫の問いかけに、言葉が出ない。

一番、触れられたくない過去であり、彼女に知ってほしくない話だ。

「……ね、ねえ。陽翔。なんで黙ってるの？　何とか言ってよ。ほら」

旭姫も陽翔の様子を見て、察してしまったらしい。

「うそ、だよね？」

冗談でも何でもないと。

「なんだぁ、てめぇ？　六年間、時間でも止めてたのかよ」

にやついて、レオーノヴィチが一歩近づく。

「お前のパーティ――〝スバル〟はねぇんだよ、どこにもな！」

――天に輝く六連星(スバル)。

それが生きながらにして伝説となった、六つのセンスをそれぞれ極めた最強のパーティの名。

しかし、そのパーティは《リユニオン》には存在しない。

旭姫(あさひ)の表情は、疑念と怒り、驚愕(きょうがく)、一言では言い表せない複雑な感情に染まっている。陽翔(はると)にも彼女が動転しているのがわかった。

「ふ、ふざけないでよ……！　六年経(た)ってるのはまだしも、〝スバル〟が存在してないなんて。嘘(うそ)に決まってる。あたし、信じない。皆(みんな)がいなくなってるなんて……」

「嘘じゃねぇ！」

希望を打ち砕くように、レオーノヴィチが容赦なく告げる。

大声のやり取りで、何事かと少しずつプレイヤーが集まり出している。ざわざわと話し声がこちらまで聞こえてくる。

レオーノヴィチは舌打ちし、

「チッ、目立つ真似(まね)は避けたいんだがな。もう一度言うぜ。オレと共に来い、旭姫」

厳(いか)つい声で言いながら、レオーノヴィチは旭姫に近づく。

「やだ！　それにあたし、陽翔と色々と話さなきゃいけないし！　帰って。邪魔なんだから、早くあたしの前からいなくなってよ！」

「……仕方ねぇ。お前の存在が他のギルドに目を付けられていない今が、最初で最後のチャンスなんだ。おい、お前ら。囲め」

　レオーノヴィチの取り巻きたちが一斉に旭姫と陽翔を囲む。田茂だけは展開についていけてないのか、視線を彷徨わせて突っ立ったままだったが。

「さあ、死にたくなきゃ、オレの勧誘を受け入れな」

「戦うっていうの？　陽翔、気にする必要ない。一気にいこっ！」

「ククク……。一気にねぇ。今の陽翔にゃできんだろうが、なっ！」

　突如、レオーノヴィチの足下が爆発。推進力を得たレオーノヴィチは、〇・二秒にも満たない時間で陽翔の懐へと入り込む。

　完全に虚を衝かれた陽翔の腹部に、豪快な一撃が叩き込まれる。

　同時、拳が爆発。陽翔の身体は大きく吹き飛び、HPが一気にガクンと減った。頭に浮かぶ緑のゲージは、HPが半分以下となったことを示すオレンジに変化する。

「は、陽翔ッ!?」

　最も呆気に取られたのは旭姫だった。逆にレオーノヴィチは得意げに、陽翔を見下ろしている。

「闘気使いのオレはすぐに気付いたぜぇ、陽翔。てめぇ、センスなくなったなぁ。闘気の量はそこらを歩いてるやつと大して変わらねぇし、なんだ今の？　ただ突っ立って、腹に闘気溜めてガードするだけとか初心にでも返ったか？　まあ、基本は大事だよな、ギャッハッハ！」

確かにレオーノヴィチは以前に比べれば強くなっている。だが、今の彼をもってしても、昔の陽翔(はると)の足下にも及ばないレベルだったのだ。過去の戦闘ではＨＰを減らされたことすらない。

つまり、今の陽翔は昔に比べて、格段に弱くなっている。

「旭姫(あさひ)よぉ。お前が仲間にならねぇってんなら、まずはこいつからゲームオーバーにしようかなぁ？　たまらねぇなぁ。あの陽翔を一方的にいたぶれるなんてよォ。ここから排除してやるぜエ、陽翔オオオオオォォォォォ!!」

禍々(まがまが)しい闘気を纏(まと)ったレオーノヴィチの拳(こぶし)が陽翔の顔面へと飛んでくる。

「ったく、どうして俺が殴られなきゃいけねぇんだ……！」

陽翔は咄嗟(とっさ)に腕に全闘気を纏わせて、迫り来る拳を横から押し出すようにして逸(そ)らした。拳でインパクトさえさせなければダメージを負わないし、〈火薬剛拳(イフリートインパクト)〉も爆発を起こせない。

拳を逸らされたレオーノヴィチは体勢を崩すが、不安定な体勢から今度は鋭い後ろ回し蹴(げ)りが飛んでくる。

後ろに跳んで、紙一重でどうにか躱(かわ)した。

「雑魚(ざこ)に成り下がった癖に、生き長らえてんじゃねぇよッ！」

レオーノヴィチが踏み潰(つぶ)す蟻(あり)に避けられたと言わんばかりに、面倒くさそうに吠(ほ)えている。

――ゲームオーバーになったって構わないのに、なんで俺は避けてんだ……！

このまま一撃喰(く)らってやられればいい。突っ立っているだけで望みは叶(かな)う。

だというのに、身体（からだ）は反射的に動いてしまった。

……自分でもわかっているのだ。

彼女を無視などできないことに。

もし、自分がゲームオーバーになれば、旭姫が連れていかれてしまうかもしれない。レオーノヴィチなどに旭姫を連れていかれるというのは、どうにもこうにも癪（しゃく）に障った。

彼女が偽者ならば、追及しなければならない。

あるいは、偽者ではなくとも……旭姫の正体が分からないままアカウント削除になれば、断ち切るはずの過去に、幽霊のようなモヤモヤとした未練が残ってしまう。

「かつての最強は反撃すらできねぇか！　しらけたぜ、もう終わりにしようや！」

レオーノヴィチが、獲物にトドメを刺すべく陽翔へと大股で近づく。

現実への強制送還は、避けられないほど目前まで迫っていた。

「陽翔、いったいどうしたの!?　いつもみたいな強さはどこにいったの！」

闘気を飛ばすことも、闘気を使って物を操ることも、闘気で結界を張ることも。

今の陽翔にはもはや、真正面からの攻撃を簡単に跳ね返すこともできない。

それでも陽翔は、迫ってくるレオーノヴィチに向き合い、自然体で肩を竦（すく）めてみせた。

「レオーノヴィチだったか。強くなったもんだな。頑張った頑張った」

「て、てめぇ！　何、余裕な面（つら）してやがる！　お前は負けるんだ！　オレに！　それとも逆転の秘策でもあるってのか？」

「さあな。言う必要はねぇ」

秘策。そんなものはない。

ただただ旭姫を連れて、逃げるための算段をしているだけだ。

激昂させて僅かな隙でも見つかればいい。ただの安っぽい挑発でしかない。

「チッ。もうお前に用はねぇ！　お前を倒した後で旭姫はいただく！　オレたちは上位ギルドへの道を進み！　〝スバル〟を超える最も偉大なパーティになるんだ！」

レオーノヴィチの拳のラッシュが陽翔を襲う。

一転してコンパクトな連撃を、かろうじて避けていく。

だが、少しずつ後ろへと追いやられてしまう。

陽翔の背中に、ごつごつとした岩が当たった。岩壁まで追い詰められたのだ。

「さあっ！　終わりだぜぇ！」

レオーノヴィチは目の前。大きくは避けられない。

右の攻撃か、左の攻撃か。

一か八かで動くしかない状況下。

昔なら――。

「陽翔！ しゃ・が・ん・で！」

凛と響く旭姫の指示。

脳が意識せずとも、身体が条件反射のように動く。

陽翔がしゃがむと、レオーノヴィチの回し蹴りがすぐ真上を通過した。

風圧だけで吹き飛ばされそうになる威力。左でも右でも、横に避けていたら御陀仏だった。

今のは——。

「〈未来視〉……!?」

心奏センスのエキスパート。

人の心を読み取り、魂に働きかける能力を持つセンス。

旭姫は、心を読むことで相手の未来を読むと言われていた。

彼女の持つ唯一無二のセンス——〈未来視〉だ。

「くくくくくくくくく！ うはははははは！ やっぱり本物の旭姫じゃねぇか！ その〈未来視〉！ 懐かしさすら込み上げてくるぜ！」

「ま、マジかよ。〈未来視〉ってホントだったのか」「あり得ねーと思ってたけど、心奏ってすげぇんだな」「あんなプレイヤーがあと五人もいたのかよ。昔の〝スバル〟って……」

周囲の取り巻きたちもまた一歩引いて、様子を窺っていた。

「旭姫。お前、今のは――」

――まさか、本当に旭姫なのか？

しかし、旭姫は戸惑ったように何度も瞬きする。

「お、おかしいな。もう未来が見えない……？」

「……は？　今、見えたんだろ？」

「うん、見えてたよ。だから指示だってできたし……。でも、もう見えなくなっちゃった」

自分は完全にセンスを失い、すでに満身創痍。

旭姫の〈未来視〉も使えないとなれば、結果など火を見るよりも明らかだ。

今は旭姫を守る力も、ここから逃げる力もない。それがもどかしく、胸の内に悔しさが滲んでくる。六年間、感じることもなかったというのに。

「くっ……なんで？　なんでよっ！　ついこないだまで〈未来視〉発動したまま戦うなんて、簡単だったのに……このままじゃ陽翔が……！　陽翔との約束が……！」

「ギャーッハッハ！　今すぐ土下座して謝れば許してやるぜ!?　ゲームオーバーになりたくなかったらな！　もちろん、ふたりともオレの奴隷になるのが条件だぜ？　せいぜいこき使ってやるさ。なんだったら、旭姫は身体も一緒に可愛がってやる！」

下卑た笑みを浮かべながら、レオーノヴィチが拳を振り上げる。

逃れる術は――ない。

「レオーノヴィチ。貴様、いつからそれほど偉くなった？」

刹那。

周囲に次々とプレイヤーが現れた。

全員が白を基調としたレア装備を身につけ、手首には銀竜の紋章を彫金したバングルをはめている。雰囲気からして上級者。

そんな連中が、パッと何の脈絡もなく出てきたのだ。

「天理センスによる転送⁉」

どこからともなく現れた闖入者たちの姿を見て、誰かが叫んだ。

「こ、こいつら……ギルド、〝イルミナティ〟だ！」

中でも一際目立つ者が、集団から進み出る。

銀白色の衣服に身を包んだ姿は、中世の貴族を思わせるような出で立ち。右手に竜を模したガントレットを装備している。涼やかな顔つきの青年だった。

「あっ⁉　貴法！」

「……貴法」

ふたりが彼の名を呼ぶ。

天理センスを極め、世界の理(ルール)すら支配下に置くと言われた、【白闇の支配者(リバース・ラー)】。

かつて〝スバル〟で苦楽を共にした仲間であり幼(おさな)なじみのひとり、御門貴法(みかどたかのり)だった。右手のガントレットも変わっていない。

「さて、レオーノヴィチ。まったく勝ち目のない無益な戦闘をする気はあるか？」

「……てめぇ、いいところで茶々いれんじゃ――ねえよっ！」

レオーノヴィチはゆったりとした動きで因縁をつける、かと思いきや。

闘気を爆発的に膨(ふく)れあがらせて貴法に肉薄し、凶悪な拳(こぶし)を振り上げた。

「獣(けもの)ですら、相手の力量を正しく把握するというのに――愚物(ぐぶつ)め」

貴法は右手を構えた。

竜のガントレット。その瞳(ひとみ)が赤く光り、顎(あご)を開いた。その口は凶悪で、いとも簡単に身体(からだ)に穴を開けることができるだろう。

拳が届くよりも先に、レオーノヴィチの顔面にガントレットが食らい付く。

「うおおおおおおおおおおおおおおおおっ!?」

悲鳴があがり――直後だった。

レオーノヴィチの身体を包んでいた装備品や服が、次々と砂のようになって崩れ落ちる。

「貴様のような獣未満の愚物に、服など不要だ」

あらゆるものを解析・分解すると言われる貴法の天理センス――〈覇竜牙(ブレイカー)〉だ。

「う、おあああ、あ……！」

全裸となったレオーノヴィチが身体を震わせる。

己のモノまで晒され、怒りと羞恥で首まで真っ赤になっている。

彼の取り巻きは男だけだが、貴法の連れてきた部下らしき者の中には女性もいる。彼女らに憐れむような視線を向けられ、レオーノヴィチは大事なところを隠して完全に固まった。

「ゲームオーバーにしてやってもいいが……それも興ざめだ。今日の僕は機嫌がいい。見逃してやるから、感謝しながら逃げるんだな」

「くっ！　くそ、お前ら！　撤退だ！　貴法ィィィィ！　覚えてやがれ！」

「君の逸物が小さく萎縮していたことだけは覚えておこう」

「〜〜〜〜〜〜〜〜〜〜〜〜!!」

彼は全裸のまま逃げ出し、田茂を含む取り巻きたちは慌てて彼を追っていった。

見物客たちはこれから何が起こるのだろうかという興味を浮かべて、陽翔と旭姫、貴法とギルドメンバーたちの様子を窺っている。

「〝イルミナティ〟って《リユニオン》で五指に入る巨大ギルドだぞ……。なんでこんな辺境まで……」「元〝スバル〟の邂逅？」「伝説再びか？」「また世界のパワーバランスが……」

漏れ聞こえる話を聞くに、貴法は新しいギルドを立ち上げているようだった。

昔からあらゆる能力が高くバランスが取れていたが、〝スバル〟ではリーダーシップを発揮するほうではなかった。貴法もこの六年間で変わったということか。

「……よ、久しぶり」

陽翔が軽い調子でそう声をかける。

「ふん……」

対して貴法は小さく、だがはっきりと失望したような息を吐いた。

旧交などなかったかのように、蔑むような冷たい目を向ける。しらけた嘲りを白皙の面に浮かべて。子供の頃にはしなかった顔つきだ。

「お前はまだそんなところにいるのか」

「そんなところもなにも、《リユニオン》に入ったのは今日が初めてだ」

「センスを失って哀れなことだな。元リーダー」

貴法は陽翔から目を逸らし、旭姫へと歩み寄る。

一転して柔和な笑みを浮かべ、旭姫の前に跪いた。

「最初は報告を疑っていたが……また生きて会えるなんて本当に嬉しいよ、旭姫」

「あたしも嬉しいよ、貴法。貴法は、あたしを疑わないの？」

「僕が君を疑ったことがあったか。僕は君の騎士なんだから、何でも信じるさ」

「あはは。もうキザなこと言っちゃってー」

「本気さ。さて、何か困ってることはないか？　待ちに待った再会のお祝いだ。僕にできることならなんでもしよう」

「ホント？　今ちょっとログアウトできなくて、原因を探そうと思ってるんだ」

「なるほど……。状況はわかった、あとはすべて僕に任せるといい。君の不安をすべて取り除き、原因も何もかも解明してみせる」

「ありがとっ。じゃあ、三人で一緒に頑張ろうね！」

旭姫はとても嬉しそうに笑う。

だが、途端に貴法は首を振った。

「……僕らふたりで充分じゃないか。陽翔は必要ないだろう。今の彼を連れていくのは御免だ」

「えっ。な、なんで？」

旭姫があり得ない言葉を聞いたかのように慌てる。

「当然の帰結さ、旭姫。弱者を連れていくなど、まったくもって効率的とは言えない。彼は旧アカウントを使ってログインしているだけで、正規の手順を踏んでいない。本来ならチェックの時点でセンスなしと弾かれているはずで、もうかつての彼ではないんだ。僕らについてきても、遠からずゲームオーバーになるだけさ。逆に僕らが危険に晒される可能性の方が高くなるんだよ。君をゲームオーバーにするなど、僕は二度と考えたくもない」

　六年ぶりに会う旧友の辛辣な言葉にも、陽翔はまったく心が震えなかった。まあそうだな、としか思わない。先ほど芽生えつつあった悔しさは幻だったのか、もう鳴りを潜めて浮かんでこなかった。

「どうしてそんなこと言うの？　貴法、そんなこと言う人じゃなかったのに……」

「合理的な判断だよ。このゲームがセンスのない者を必要としていないからさ。だからこそ、三制約にセンスオーバーができたのだと思ってる。陽翔とレオーノヴィチの戦いを見物させてもらったが、酷(ひど)いものだった。君の〈未来視(プロフエアータ)〉がなければ、今頃この世界から消えている」

「そ、そうかもだけど。でも、今は調子が悪いだけで――」

「……なぜ君は、陽翔にこだわるんだ？　やはり混乱しているのかい？　無理もない。君が失った時間を考えれば、すぐに正常な判断をくだすのは難しいだろう」

「むしろ、貴法の方がビックリだよ。あたしたち、幼(おさな)なじみなんだから一緒にいて当然なんじゃないの……？」

「……幼なじみか」

貴法が興味もなさそうにぽつりと呟(つぶや)く。

彼の無関心さ、陽翔と貴法の間に流れる険悪な雰囲気。

ふたりの関係が変わったのだと、未(いま)だに信じられない旭姫が、縋(すが)るように陽翔を見る。

「陽翔も、何で黙ってるの？　こんなこと言われて黙ってるなんて、陽翔らしくないよ……」

そう言われてもなお、陽翔は言葉を返さない。

「こんなのおかしいよ……。ふたりは喧嘩(けんか)ばかりしてても、お互いに認め合ってるって思ってたのに……」

「……」

「………」

陽翔は貴法と視線すら合わせない。

何も言いたくないとばかりに口を引き結ぶ。

「もう！　とにかく、陽翔を連れていかないんだったら、あたしも行かないからね、貴法！」

膨れっ面になる旭姫を前に、貴法は残念そうに目を伏せた。

「……そうか。でもいつかわかるよ。そいつの無力さが」

子供に言い聞かせるように言って、颯爽と背中を向けた。

「撤収だ。皆、拠点に戻るぞ」

彼の部下たちが次々と転送で消えていく。

「旭姫。協力してほしい時はいつでも言ってくれ。すぐに馳せ参じよう」

貴法は顔だけを旭姫に向けて、優しく語りかけた。

しかし、旭姫は不機嫌な顔をしたまま答えない。

「僕が必ず、君を救ってみせる。何に代えても、ね」

微笑と共に決然とした言葉を残して、貴法は姿を消した。

〝イルミナティ〟のギルドが去り、他の野次馬たちがもう見所はないとばかりに、少しずつばらけ出した。

陽翔たちはその場に立ち尽くしていたが、雰囲気に耐えかねた旭姫が戸惑い気味に話しかけてくる。

「た、貴法ってば、どうしちゃったんだろうね？　顔つきもちょっと怖くなったっていうか、機嫌、すごく悪かったのかな？」

「………」

反応しないことに業を煮やしたのか、旭姫が肩に手をかけた。

「ねえってば、陽翔」

「……もう昔とは違うんだよ」

「何が違うの？　あたしたちは幼なじみなんだよ。それに陽翔はすごく強くって、まるで獅子みたいに――」

「獅子？　はは、そんなガキくせーこと言ってた時もあったな」

「は、陽翔……？」

悪ふざけで言っているのではないということが、旭姫にもすぐわかったらしい。続ける言葉を失う。

「俺はもうお前の知ってる俺じゃねーよ。わかっただろ。もう六年経ってるんだ。……何もかも変わっちまうには充分な時間だ」

「で、でも、あたしたち約束して――」

「約束……？」

ふと、そんなことを言われ、陽翔は記憶の底を探る。

しかし、どんな約束をしたのか思い出せない。

六年前の約束など、もう記憶の引き出しからも消えてしまったのだろう。

「約束も何も……六年前のクエスト失敗で、全部終わったんだよ。皆、もういない。貴法を見たのも小学校の卒業式以来だしな。会話をしたのなんか、それこそ六年ぶりだ。今の俺は絞りかすみたいなもんで、貴法の言った通り、本来はログインする資格すらない」

自虐するように笑った。

だが、

「違う!!」

旭姫は眦を吊り上げて否定する。

「陽翔は……陽翔からセンスがなくなるわけがないもん！」

強く強く言い聞かせるように叫んだ。

「永遠になくならないものなんてないんだっての。いつかはなくなる。〝スバル〟だって、なくなったんだ」

〝スバル〟のワードが旭姫の琴線に触れたのだろう。

彼女は身体を固くこわばらせた。

顔を俯かせて、力なく項垂れる。

「……本当に、〝スバル〟は、もうないの？」

「ああ。ない」

旭姫が肩を震わせた。

……泣かせてしまったのかもしれない。

罪悪感が僅かに胸を刺すが、これが現実だ。

さすがに旭姫もわかってくれただろう――。


「じゃあ、もう一回作らなきゃ！」


「……は？」

まったくわかっていなかった。

「だって、〝スバル〟は皆の帰る場所だもん。また、皆と一緒に遊びたいし」

何の疑いもなく、純粋さのみの澄んだ瞳でそう言い切る。

「お、お前、俺の話、聞いてたか!?　もう六年経ってて、皆いなくなって……」

「絶対にいなくなってない！　皆ここに戻ってくるはずだよ。だって、あたしたちは〝スバル〟なんだから！」

六年ぶりに出会った旭姫（あさひ）は、呆（あき）れるぐらい旭姫のままで。

あの日以来、抱くことのなかった不思議な感情が湧（わ）き上がるのを陽翔（はると）は感じた。

《七星のスバル》

Seven Senses of the Re'Union

間章　追憶　~the side of Haruto~

六年前。打ち棄てられた遺跡の中。

壁や床、そこら中に穴が穿たれ、今にも崩落しそうな中――。

大広間の中央に、《ユニオン》における最強の敵がいた。

誰も倒せていない、倒せる気配すらない、運営が用意したボスモンスター――〈無垢なる闇〉。

闇色の闘気を纏う巨大な鎧の魔物。

背後には、怪物の操る闇の魔剣が夥しい数を揃えて浮いている。

一撃一撃が必殺。

センスなき者は、目の前に立っただけで戦意を奪われて死に至る。

だが――。

「貴法！　あいつの武器を分解しろ！」

「言われなくてもわかってる！　陽翔こそ遅れるな！」

「でも、どうするの!?　あいつの武器、分解しても数秒で再生されるよ!?」

「クライヴ！　私の精霊に合わせてっ！　二秒だけ動きを止めにいくからっ！」

「ＯＫ、咲月、君の望みに合わせよう。おっと、望みと言っても希のことじゃないよ？」

「わ、わかってましゅ！　わ、わたしは幻獣を喚んでるね……」

巨大な〈無垢なる闇〉と戦っている者がいた。

六つのセンスをそれぞれ極めた無敗のパーティ。

ひとりひとりが一騎当千でありながら、彼らがパーティとして動く時、彼らのセンスは常識を超越し、どんな相手でも圧倒したという。

パーティはいつしか六連星を示す名で呼ばれるようになった。

即ち、〝スバル〟。

その呼称は電子世界を照らすように、燦然と輝いていた。

「獅子の爪に、斬れないものはないィッ！」

陽翔は剣を振り上げ、鋭く振る。

闘気によって強化された剣は鎧ごと容易く怪物を斬り裂く。さらに四条の剣閃が続いて、獅子の爪痕が鎧に刻まれた。

——誰もが倒せていない化け物。

しかし、陽翔の表情は自信に溢れている。

陽翔だけではない。

六人全員の顔に『負けるわけがない』と書かれていた。

事実、彼らは〈無垢なる闇〉に対し、戦いを優位に進めていた。

幾度となく新たな手管（てくだ）を見せる敵に対して、〝スバル〟の六人はセンスを遺憾（いかん）なく発揮して攻めたてる。

「〈覇竜牙（ブレイカー）〉、分解しろ！　クライヴ、今だッ！」

「ＯＫ。〈混沌粒子（ディザスター）〉発動。分子を鉛に――陽翔（はると）、あとは頼んだよ」

「これで当分動きは鈍るな！　行くぜっ！」

――そう、ここまでは優位だったのだ。

だが、ここで〈無垢なる闇（プルガトリオ）〉が、これまでのルーチンにはなかった行動を起こす。

ヘイトがたまっていない、安全地帯にいるプレイヤーへのターゲッティング移行。

〈無垢なる闇〉が周囲に浮かせた剣の群れを、すべて無防備な希（のぞみ）に飛ばした。

「希ッ！」

計算違いを立て直すべく、一番近かった陽翔がサポートに回る。

希への攻撃を受けきってから反撃――そう頭の中で組み立てていた。

「ッ!?」

向かってくる剣を弾（はじ）き返すつもりが、予想外のあり得ない衝撃に闘気を込めた剣が吹き飛ばされ、手甲装備までもが破壊された。破片が地面へと散らばる。

「陽翔ッ、正面から遠距離砲！　危ないッ！」

旭姫（あさひ）の警告。舌打ちをする間もない。

〈無垢なる闇〉が、闇(やみ)の塊(かたまり)を射出せんと口を大きく拡げている。

避ければ希が殺(や)られる。かといって、闘気を攻撃に割り振っていた陽翔は逆に防御力はゼロに等しい。喰(く)らえば間違いなく死亡。そうなればゲームオーバー——アカウント削除だ。

「だめ————————っ！」

旭姫が悲鳴じみた声をあげた。

〈未来視(プロフェアータ)〉で、陽翔が死ぬシーンを視(み)てしまったのだろう。

旭姫の表情を見て、全員が察してしまった。

無慈悲にも、〈無垢なる闇〉の口から放たれた闇の波動が陽翔を襲(おそ)う。

その時——世界は変異した。

気がつけば、陽翔の前に、旭姫が庇(かば)うように立ち塞(ふさ)がっていた。

闇が旭姫の身体(からだ)を侵食していく。

旭姫のＨＰゲージは、オレンジセクション、レッドセクションまであっという間に縮み——消える。

戦闘不能となった。

「あ…………………あ、旭姫————————ッ！」

仲間の初のゲームオーバーは、彼らに大きな動揺を生んだ。

そこを〈無垢なる闇（プルガトリオ）〉に衝（つ）かれ、パーティは総崩れとなった。

いかにセンスに溢（あふ）れていても。

伝説級の強さを持っていても。

変幻によって姿を大人に変えているだけの年端のいかない小学生。仲間の死に気持ちが萎（しぼ）んでしまうのはどうしようもなかった。

他のメンバーがぎりぎりで死を免（まぬか）れたのは、個々の卓越したセンスで〈無垢なる闇〉からの攻撃を防ぎきったからだ。

どうにか彼らは戦場から離脱。

〝スバル〟の、初の敗北だった。

旭姫（あさひ）のゲームオーバーというショックも醒（さ）めやらぬ中、全員がログアウト。

一時間後、空閑（くが）旭姫の死亡が電話で伝えられた。

ゲームと連動するかのように。

彼女は同じ時間に息を引き取っていた。

旭姫の通夜と告別式にも参列し、外国人のクライヴを除く幼（おさな）なじみたちは旭姫の死を否応（いやおう）なく実感する。

事件はすぐに世界中を震撼させ、間もなく《ユニオン》はサービスを停止。
事象の波は、ユニオンを停止させるだけに留まらない。
幼なじみたちにも、底の見えない亀裂を浸食させていく。

「お前が旭姫を殺したんだ！」

貴法からの、非情な言葉。
亀裂が決して埋まらない断絶となるのに、時間はかからない。
そして、陽翔自身も。

『あたしは――――――。だから、陽翔は――――――』

旭姫との約束を守ることができなかった自分を、ずっとずっと責め続けた。

第二章　六年の重み

幻か、現実か。

《リユニオン》で出会った旭姫(あさひ)のことが、頭から離れない。

一夜明けても、頭に浮かぶのはそのことばかりだった。

自分のベッドで寝返りを打ちながらウィズの端末を操作して、旭姫に関してネットの情報を漁(あさ)ったものの、集中できない。斜め読みすらできなかった。

「あいつ、どうしてるんだろうな」

子供の頃とは違う成長した姿。

クライヴの変幻は、小学生だからと舐(な)められないように子供だった自分たちを大人の姿にしていたが、昨日の旭姫は彼の作り出した姿よりも大人っぽく魅力的に映った。

旧世界のデータが残っていれば、モデリングを再現することは可能だろう。だが、あの旭姫には偽者だと断定できない「らしさ」があった。

何者かによる不正、運営のミス、プログラムが引き起こしたバグ……原因はいくらでも考えられるが、どれもピンと来ない。

「でも、だとしたら……」

生きているのならば、あの日、死んだ旭姫は？

今、どこからゲームの中にログインしている？

まったく、わからない。

「……アカウントが削除されれば、あの旭姫とはもう会えない……んだよな」

どうしたいのかわからないまま、悪戯に時間が過ぎていった。

『明日、ちゃんといつもの時間に来てね』

《リユニオン》からのログアウト間際、旭姫に言われたが、ログインする決心がつかない。どんな顔をして入ればいいのか。

「宿屋に籠ってろ、とは言ったけど……。寂しがってる……よな……」

彼女はひとりでいることを好まない。大勢で走って暴れて飛び回って、馬鹿騒ぎをするのが好きだった。

昔、彼女の家に遊びにいった時のことを思いだす。両親が仕事で出払っていて、寂しそうにソファでひとり膝を抱えていた。

《リユニオン》の中でも、そんな風にしているのかもしれない。情景が容易に想像できる分、見捨てるように出てきたことに罪悪感が湧いた。

「はぁ……。朝から旭姫のこと以外、何もないのかよ、俺は……」

溜息と同時――ピンポーンとインターホンが鳴り響く。

リビングにいた妹が「はーい」と返答して、元気よく玄関に向かった。

ほどなくして、「あ……あ、あー!!」と嬉しそうな声が陽翔の部屋にまで聞こえてくる。

「ハルちゃんー！　お客さんだよー！　すごい人だよー！」

「いい加減、ちゃん付けやめろって言ってんのに……」

二つ下の妹に呼ばれて、陽翔は仕方なさそうに腰を上げて立ち上がる。

——そもそもすごい人って誰だ。

旭姫がログアウトに成功したとか？　だとしたら腰を抜かすだろう。

幼なじみたちは家族ぐるみでも仲がよかったから、妹も旭姫の葬式には参加した。

もう会えないと知って、妹は式の間ずっと泣きじゃくっていた。

「ほら、ハルちゃん。早く早く早くー」

急かされ、気持ち足を速くする。

マンションの玄関にいたのは——線の細い少女だった。

小さくも整った顔立ちに、細い眉が綺麗に流れている。白桃のような美肌だった。

陽翔よりも頭ふたつ分ほど小さい。薄い色彩のワンピースと相俟って、お嬢様という言葉がしっくりと当てはまる。

旭姫とはタイプが違うが、美少女と言って差し支えないだろう。

そして、残念なことにこんな美少女に心当たりはなかった。

ところが、

「久しぶり、陽翔」

少女は、少し緊張した様子で笑みを零す。

気安い口調と、どこか懐かしい声音。

知り合いなのか？　陽翔は一瞬困惑する。

ヒントはある。妹が知っていて、なおかつ、陽翔も知っていなければならない少女。

だとすれば幼なじみと考えるのが自然で、候補は三人。

旭姫でないのは確実だ。希も転校してしまったし、顔立ちが明らかに違う。

そうなると、消去法で最後のひとり。

「えと……咲月？」

自信なく尋ねると、少女は眉を顰めた。

「そうだけど……幼なじみが訪ねてきたっていうのに、どうして一目でわかってくれないのよ？　私はすぐわかったのに……」

「し、仕方ねーだろ。お前、全然雰囲気違うじゃねーかよ」

彼女は、碓氷咲月。

〝スバル〟のメンバーで昔からの幼なじみ。当時のゲーム内ではクライヴの変幻で成長した姿に化けていたが、その時とは数段変わっている。

まず、ショートだった髪がウェーブがかったセミロングになっている。穏やかな佇まいは、同い年とは思えないほど大人びていた。

何気ない仕草も上品で、当時のがさつなところが見られない。

確かに面影はあるが、パッとわかれというのは無理な話だろう。

「最後に会ったのも……小学校の卒業式の日だったしな。忘れちまうよ」

すると、咲月は呆れたように息を吐いた。

「もう。卒業式の日から一週間は毎日会ってたでしょ。私がここに通って……」

……そうだったかもしれない。

どんなことを話したか、まったく覚えていないが。

「そ、それで、どうしたんだ、いきなり」

「買い物の帰りだったんだけど、聞きたいことがあって寄ったの。忙しかった？」

「全然忙しくなんてないよー。ハルちゃん夏休み中、ずっとぐーたらしてるだけだもんねー」

妹め、余計なことを……、陽翔は表情を渋くする。

「ほらほら。咲月お姉ちゃん、あがっていって」

「え、でも。ちょっと話を聞くだけで……」

「いーからいーから」

妹が咲月の背中を押して強引に家にあげると、陽翔の部屋へと押し込む。

「あいつ、気を利かせたつもりかよ。余計なお世話だっての……」

陽翔は嘆息して座布団を取り出す。被っていた埃をはたき落とし、裏向きに咲月に差し出した。

だが、彼女は受け取らずに、さっさとベッドの縁に座る。そう言えば、そこが咲月のお気に入りスペースだったか。

陽翔は座布団を元の場所に戻し、普段から使っている椅子に座って背もたれに腕を乗せた。

「……元気、だったか?」

「普通、かな」

「あ、そう……」

会話が続かない。

久しぶりに会ったことも理由だろうが、何よりも咲月の思いがけない成長ぶりに気持ちが追いつかない。見知らぬ美少女とふたりきりにされたようで落ち着かなかった。

かなり気まずい。

必死で頭を巡らせて、記憶の中から話題の種を探す。

「……そういやお前、聖信女子行ったんだって? すげぇな。お嬢様学校じゃん」

「お嬢様学校って言い方は好きじゃないけどね。皆、普通だから」

「でもお前、言葉遣いもそうだけど、口調も柔らかくなってないか?」

そう言うと、咲月はムッとした表情を見せる。

「……覚えてないの？」

「え、何か言ったか？」

「ううん。何も。言・っ・て・な・い・わ・よ？」

咲月は顔を引き攣らせて、ニッコリと笑う。目尻がぴくぴくしていた。口には出ていないが、とても怒っている。

「なんで怒ってるんだよ……」

「怒ってないわよ。なんでそう思うの？」

咲月は昔から怒りを溜める傾向があって、突然爆発するから警戒してしまうのだ。少しずつ、そんなことも思い出してくる。

「たしかに昔は短気なところもあったかもしれないけど……六年もあれば、性格なんて変わるわよ。誰だって同じままじゃないわ。陽翔だって、そうでしょ」

六年前の咲月は、旭姫と同じぐらいやんちゃな女の子だった。

陽翔の部屋に入るなり、ベッドにダイブして、ごろごろとしていたものだ。

「……六年か」

思わず天井を見上げた。

あの事件からの時間を思い返すと、途方もない年月のように思えてくる。

「長いよな。小学校の入学から卒業までの時間と同じだ」

「……そうね。で、陽翔は学校ではどうしてるの？　城ヶ崎に行ってるんでしょう」

「知ってたのか。学校は普通だし、俺自身も平凡だっての。何かすごいことをやってるわけでもないし、勉強も運動も中の下って感じだ。下の中まで落ちることもあるし」

「陽翔、そういうところ変わってないわね。どうせ夏休みの宿題、まだやってないんでしょ？」

「よくわかるな」

「ふふ、やっぱりね。小学生の時は、いつも最終日にやってたでしょ」

「今年は九月二日が日曜日だから、二日もリミットが延びるだろ」

「ホントにもう。だらしないところ、まったく同じね。見た目や上辺の性格が変わってても、本質が変わってないわ。昔みたいに宿題を見てあげた方がいい？」

そう言ってくすくすと、何故か嬉しそうな笑みを浮かべる咲月。

思い出が補正をかけているのはあるだろうが、彼女の笑顔は昔と変わらず周囲に明るさを振り撒いてくれる。

「……お前は、最後まで俺を庇ってくれたよな」

旭姫が死んでから、彼女はずっと陽翔を慰めてくれた。

中学校から別れてしまったが、旭姫がいなくなり気力を失った陽翔をギリギリのところで支えてくれていたのは彼女だった。

今になって、それがよくわかる。

「皆、わかってたわよ。貴法だって、昔はあんなこと言ってたけど……」

逆に陽翔を最も責め立てたのが貴法だ。

『どうして、どうして——お前には守る力があるのに、どうして！』

『お前のせいで旭姫は死んだんだ』

『お前が旭姫を殺したんだ！』

当時の悲痛な声が脳裏に蘇る。

旭姫がクエストで死亡し、現実でも死んだのは偶然。そう世間では言われている。

だが、まるでリンクするかのような状況は、幼き日の陽翔に、自分が守れなかったから旭姫が死んだと思わせるには充分だった。

「私さ。もう陽翔は戻ってこないと思ってた」

「え？」

「入ったでしょう？　昨日、《リユニオン》に。後ろ姿を見たわ。奈落の洞窟の近くで。ログアウト間際だったたから一瞬だったけど……あれは陽翔だって確信した」

「見てたのか。というか、咲月もログインしてたんだな」

「最初は勇気がいったけどね。思い入れがあったもの。でも……陽翔も戻ってきてくれて嬉しいな。また、一緒に冒険ができるね」

「俺は別に戻ったわけじゃ……。頼まれて仕方なく入っただけだ」

すると、咲月が冷ややかに眉根を寄せる。

「へえ。……頼まれたって、あの女の子に？」

「は？　女の子ってなんだ？　頼んできたのはクラスの男だぞ」

女もいたが、わざわざ口に出さない。

「嘘。じゃあ、ログアウトする前に一緒だった娘は誰よ。いつも女の子の前じゃええかっこしいだったくせに」

「──お前、俺と一緒にいたやつを見たのか？」

陽翔が急に真剣な表情になったのに驚き、咲月は目を瞬かせる。

「背中だけね。あなたがログアウトしたら、すぐにどこかへ行っちゃったから顔は見てないわ。追いかけても意味ないし」

「お前は気付かなかったのか？」

「何によ？」

昔なら、どんな状況でも咲月は気付いたはずだ。

しかし、もう旭姫は死んでいる。その女の子が旭姫という選択肢が、そもそも存在していないのだ。

「で、一緒にいた女の子は誰なの？　もしかして……か、彼女、とか？」

咲月は顔を僅かに伏せて、チラチラと陽翔に視線を送ってくる。

「んなわけねーだろ。このかた、彼女なんていた試しはねーよ」

呆れた口調で陽翔が言うと、咲月はなぜかホッとしたように息を吐いた。

「そうよねー。陽翔の隣に私の知らない女の子がいるなんて想像もできないし」

「どういう意味だ？」

「べ、別になんでもないわよっ。じゃあ、彼女じゃなかったらなんなの」

追及は終わらない。

咲月はジッと陽翔の目を見つめた。

話すのも躊躇われるが、とはいえ彼女に嘘はつけない。嘘の通じる相手ではないのだ。昔から陽翔のつく嘘は、なぜか咲月にはあっさり見破られてしまう。

「……その子が旭姫だって言ったら、お前信じるか？」

咲月は一瞬ぽかんとした後、キッと陽翔を睨む。

「陽翔、いくらなんでも誤魔化すために、旭姫の名前を出すなんて――」

「そんなことで旭姫の名前は出さねぇよ。俺だって信じられないけど、どう見ても旭姫にしか思えなかったから言ってるんだ」

陽翔は昨日の出来事を掻いつまんで咲月に説明する。話が進むにつれ、咲月の表情が深刻さを増していく。すべて話し終えると、自分を落ち着かせるように一つ大きく息を吐いた。

「嘘はついてないみたいだけど……」

「ついても意味がないからな……。でも、わかるもんか？」

「陽翔は嘘つく時に癖があるから」

「マジか。聞いたことねぇぞ。どんな？」

「内緒」

そっとウインクする咲月。魅惑的な仕草に、不覚にも少しだけドキッとする。

しかし、彼女はすぐに顔を厳しくして、

「でも、そう言われただけじゃ納得なんてできないわ。旭姫がいただなんて……あり得るわけないもの」

「そりゃ、そうだろうな。俺だって未だに信じられないし。本人に対して何度も否定した」

「騙されてるんじゃないの？」

「俺がそう考えないと思ったか？　でも、やっぱり……旭姫だった、あれは」

「──じゃあ、話は簡単ね」

彼女は勢いよく立ち上がる。

「行きましょう。《リユニオン》へ」

「は？」

「会って直接確認するの。私、帰って《リユニオン》にログインするから、陽翔もすぐ入ってね」

「なんでだよ、俺は行くなんて——」

「来・て・ね」

「………」

なし崩し的にログインが決まってしまった。

▽　▽　▽

咲月が帰宅した後、溜息(ためいき)を吐きながらエンセファロンを装着し、《リユニオン》へとログインする。

陽翔の意識はアルトガーデンへと召喚された。モニターに映っていた中世西洋のような街へと視界が変化し、肌に纏(まと)わりつく空気や気温も変化する。

まるでワープしたような感覚。旧世界の時に比べると、転送スピードもグラフィックの品質も上がっているが、街並み自体は大きくは変わっていない。

リスタート位置を設定していないため、出た場所はまたも街の中心にある噴水だ。

今日も大勢の人で賑(にぎ)わい、プレイヤーたちの行き来が激しい。

しばし、プレイヤーとＮＰＣの入り交じる往来を眺めながら待っていると、咲月がやってきた。

フード付きのローブを身に纏い、腰には檜の杖が下げられている。右手にはシステム操作用のプレイヤーリングが嵌められていた。

「装備、昔に比べると、さすがに貧相になったな」

「陽翔ほどじゃないけど……。初めて入ったのは三か月前だし、旧世界アカウントがあってもボーナスなんてなかったしね。昔みたいなレア装備は簡単に集まらないわよ。この世界じゃ装備なんて、そこまでありがたがるものじゃないけど」

「そうだけどな。じゃあ、精霊も手に入ってないのか？」

「まさか。魔導は精霊と契約しないと話にならないし。まだ私の要求を満たしてくれる精霊とあんまり出会ってないの。一応、何体かは契約してるけど、これぱっかりはセンス関係なくリアルラックも絡むから。精霊契約クエスト、色々見てるんだけどね」

精霊を使役し、直接攻撃させる。あるいは精霊から力を借り受け、この世ならざる現象を引き起こす。

それが魔導。

咲月が六年前に授かったセンスだ。

「で、どこにいるの？　旭姫は」

「そろそろ来るよ」

すでにメッセージで旭姫を呼んでいる。昨日ログアウトする直前、旭姫に無理矢理パーティメンバーとして登録され、個別にメッセージを飛ばせるようになっていた。

メッセージログには、「旭姫：行く行く～♪　(*ﾟ▽ﾟ)ﾉ」と気が抜けるような返事が戻ってきている。

「……騙されてるんじゃないの？　ホントに……」

「見りゃわかるよ」

「それはそうと旭姫を入れてるなら、私もパーティメンバーに誘いなさいよ」

「へいへい……」

昔からの癖で指を動かしインターフェースを表示。デフォルトのパーティ０１という簡素なメンバーリストに咲月を入れる。

「陽翔――――っ！」

そこに旭姫が手を振りながら駆けてくる。ステップを踏むように走るのは彼女の癖だ。にこにこと笑みを浮かべて、遠目からでも機嫌がいいのがわかる。

反面、咲月は言葉を失っている。

「う、嘘……でしょ？」

咲月は陽翔の言うことを信じてなどいなかったのだろう。

当然の話だ。死んだ人間がゲームの中に現れるなど、どんなホラーか。

少しずつ近づいてくる彼女は、クライヴの変幻による大人の姿にそっくりで、咲月が見間違えるはずもなかった。

「不正を犯して、姿を変えてるんじゃゃ……。あるいは変幻……？」

「話してみろよ。すぐにわかると思うぜ」

旭姫が息を切らしながらふたりに駆け寄る。

「あれぇ？　咲月、この前と姿が違うね。クライヴに変えてもらったの？　すっごい可愛い！　いーないーなー」

「え、ええ。久しぶりね、旭姫……」

声を震わせて応対する咲月。

そんな咲月を不思議に思ったか、旭姫は首を傾げた。

「あれ？　咲月ってばなんで喋り方、変わってんの？　それに久しぶりって、この前、会ったばっかりだよ」

「い、色々変わったのよ。……六年経ったこと、陽翔から聞いてないの？」

「うーん……。ホントに六年も経ってるの？　なんか実感ないんだけどなぁ」

「あなたは、あんまり驚いてないというか……どうして受け入れられるのよ」

「だって、本当のことっぽいし、考えたって仕方なくない？」

「そ、そう」

旭姫はあっけらかんとしているが、咲月の表情は引き攣っている。

声や話し方を聞いて、少女が旭姫そのままであると確信を得たのだろう。

特に喋り方を指摘されたのは大きい。それは〝スバル〟のメンバーしか知らないことだ。

旭姫との話を一旦止め、咲月は陽翔に耳打ちする。

「……私のこと、少しでも言ったの？　陽翔」

「言ってねぇよ。信じられないなら、俺と旭姫とのメッセージログでも確かめればいい。大して メッセージで会話してないけど」

そう言われた咲月は素直に引き下がる。

「なになに。ふたりして内緒話？　あたしも交ぜてよー」

旭姫が話を聞こうと、ふたりに身を寄せた。

「別にしてないから、ちょっと離れなさい」

「はーい。なんだか、咲月ってばお母さんみたい」

「あ、あのね……」

頭の中を整理するようにこめかみを押さえてから、咲月は旭姫に向き直った。

「ねえ、あなたはどこまで覚えているの？」

「覚えてるって？　何を？」

「っ……」

無邪気な顔の旭姫を前に、咲月は言いにくそうに言葉を止める。

しばらく迷うように視線を泳がせて、唇を噛む。

意を決したように口を開いた。


「旭姫。あなた、死んだって自覚はある？」


旭姫がキョトンと目を瞬かせる。

「お、おい。咲月！」

陽翔は止めようとするが、咲月に睨み返された。

「ここを言わないと話が進まないわ。――旭姫。あなたは死んだの。葬式もやったわ。皆……泣いてた」

「死んでるって……陽翔も言ってたけど、冗談キツいよー。咲月ってば」

真剣に切り出されたことに面喰らったのか、旭姫は戸惑ったように口を尖らせる。

子供の頃にもよく見せた拗ねた表情だ。

「じゃあ、あなたの記憶はどこで止まってるの？　六年間、何をしていたの？」

「一気に色々聞かれても困るってば。確か、あたしが陽翔を庇って……」

「ええ。あなたがゲームオーバーになって、クエストは失敗。私たちがログアウトして、少しして電話がかかってきた。あなたが息を引き取ったって訃報よ」

旭姫がぽかんと口を開けた。

「ま、待ってよ。じゃ、じゃあ、あたしはなんなのよ……？」

眦を下げて、怯えたように咲月を見る。

咲月は少し申し訳なさそうな顔をして俯いた。

「……あなたが旭姫というのは、わかる。わからないわけがない……。でも今、人のデータは、ここにいる私たちのようにデジタルで再現できてしまう。だから、あなたはただのデータという見方もできるわ。街やフィールドを見てわかる通り、旧世界のデータも一部残ってる。あなたのゲーム用モデルが残っていても不思議ではないと思うわ」

「咲月はここにいる旭姫をデータだけの存在だって言うのか？」

陽翔は戸惑ったように咲月に問う。

「ええ、そうよ。死人は生き返らない。わかりきったことでしょう。いわばNPCに近いと思うのだけど」

「え、NPC……？　あたしが……？」

旭姫からすれば、認められるわけがない。

しかも、それを突き付けたのは最も付き合いの深い咲月なのだ。

「あ、あたしは死んでなんていないよ……！」

よっぽどショックだったのか、目尻には涙が浮かんでいる。

「データが自己認識するのは難しいわ。あなた、ログアウトできないんでしょう？　主観を戻すべき肉体がないんだもの。今、肉体の神経はすべてゲームのサーバーに流れるようになって、こうしてデジタル上で動いている。生きているのだとしたら……あなたの肉体は、どこにあるの？」

話していくうちに、咲月の声が少しずつ震え始める。

当時のことを思い出してしまったのだろう。旭姫が死んで誰よりも慟哭していたのは外でもない咲月だ。

「……告別式で、あ、あなたが焼かれたの、私も見たのよ……！」

「で、でも……」

自信を失っていく旭姫に、咲月はさらに問う。

「じゃあ、旭姫。あなた〈未来視〉は使える？」

「……今は使えない、けど」

「まさにＮＰＣという証拠じゃないかしら」

「き、昨日は一回使えたよ。ホントだよ」

咲月は確認するように陽翔に視線を送った。嘘は許さないとばかりに鋭く。

「……確かに昨日は使ってた。大ピンチで回避するべき方向を指示してくれたからな」

「そう。でも、私は見てないから、本当の〈未来視〉かどうかわからないわ。適当に指示しただけって可能性もあるんじゃないの？」

自身のアイデンティティを否定され、旭姫は辛そうに顔を歪める。

「ひ、ひどいよ、咲月！　昨日のあたし、ちゃんと〈未来視〉、使えてたもん！」

「昔はいくらでも使えてた。一時間、ずっと私たちに指示を出し続けるぐらいに」

「だ、だからって、死んでるなんて。なんで、そんなこと――」

「じゃあ、どうしろっていうのよ!!」

咲月が感情的に叫んだ。

苦々しい顔で、旭姫から目を逸らさずに睨み付ける。

「あなたが生きてるっていうのなら、証拠を見せなさいよ……！　あなたと会えたのは嬉しいけど、ぬか喜びするのは嫌なのよ！　この六年、あなたのことを忘れたことなんて一度もなかった。でも、死んだの！　あなたは！」

「確かにゲーム上でのあたしは死んだかもしれないけど……。でも、本当に死んでなんていないのに……」

「じゃあ、あなたは一体何なの!!　毎年、墓参りだってしてるのよ？　本当に生きてるなら……なんで現実で、私たちの前に姿を見せてくれないの……」

学校に行けないぐらいに悲しんで。

涙が涸れるぐらい泣き果てて。

あの時の痛みは、六年経っても未だに癒えていない。

いっそ、このまま旭姫を歓迎できれば、どれほど楽だろうか。

「あなたがずっといてくれるなら、別にデータでも構わないわ。毎日会いに来る。毎日ここで遊んでもいい。でも！　あなたが死んでる以上、あなたはバグかもしれなくて……いつ消えるかもわからない！　またあんな思いをするなんて……私には、耐えられない！」

咲月も感情が溢れ出して、泣きそうになっている。

ただ、決して涙を零さずに我慢していた。

「……あたしは死んでないよ」

旭姫が、子供の頃にはあまり見せなかった神妙な顔でぽつりと言う。

「何か……忘れてることがあるんだよ」

「忘れてることって、何よ」

「わかったら苦労しないけど……。でもあたしは、ここに存在してるよ。咲月はどうして信じてくれないの？」

旭姫は自身が死んでいるということを納得しない。

このままでは話は平行線だ。とはいえ、打開できるだけの情報もない。

陽翔は居心地悪そうに見守っていたが——不意に、背筋に痺れるような感覚が迸る。

——殺気!?

闘気越しに伝わる気配に、視線鋭く周囲を警戒する。

旭姫の背後。街道に植えられている木の上。ギラッと僅(わず)かな光が目を掠(かす)めた。

葉でカモフラージュした樹上の男が、ボウガンで旭姫に狙(ねら)いを定めている。

旭姫も咲月も会話に集中していて、気付いていない。

「旭姫！　後ろ、木の上だっ！」

おそらく中級者(インコンプリート)レベルだろう。

上級者(エキスパート)であれば殺気を抑えたり、装備で気配そのものを消したり、もっと上手(うま)くやる。

「ちっ！　余計なことを！　くたばれ、旭姫！」

「なっ、何!?」

旭姫が太もものホルダーに入った回転式拳銃(けんじゅう)を素早く抜き——発砲。

一発目は矢に命中し、叩(たた)き落とした。

「馬鹿(ばか)なっ」

襲撃者は驚愕(きょうがく)の表情を作ることすら許されない。

旭姫の二発目はすでに頭を撃ち抜いていた。

くずおれるように木から落ち、その姿が光の粒子となって消えていく。ゲームオーバーとなったのだ。

弾丸を二発高速連射する〈二点速射（ダブルバースト）〉。リボルバーでは至難の業で、トリガーやハンマー（撃鉄）を流れるように動かすことが要求される。特に旭姫（あさひ）の〈二点速射（ダブルバースト）〉は、音が一発分しか聞こえないほど速い。〈未来視（プロフェアータ）〉ばかり注目されるが、それを差し引いても彼女は一流のプレイヤーなのだ。

「ふっふーん！　甘いよーだ！」

旭姫の一連の動きを見て、陽翔（はると）と咲月（さつき）は一瞬、言葉を失った。

あの頃とまったく同じ、正確無比な射撃技術。

だが、感慨に浸（ひた）っている暇（ひま）はない。

「馬鹿（ばか）！　何やってんだ、逃げるぞ！」

銃を構える旭姫の腕を引いて、その場から離れた。

「な、なんでよ。こんなのいつもの——」

「来てるのはひとりじゃねぇんだよ！」

「だから、なんで？　上級者（エキスパート）でもないのに。百人いても陽翔なら倒せるでしょ」

「お前、昨日の俺を見てなかったのか!?　もう俺にそんな力はねーんだっての！」

まだ不満そうだったが、理解はしてくれたのか彼女も自分で走り出す。

「陽翔、どこに行くつもり？」

「知らん！」

陽翔は涼しい顔でついてくる咲月に即答する。むしろ、教えてほしいぐらいだ。

「くそっ！　待ちやがれ、旭姫！」「逃がさねぇぞ！」「追え追え！」

どこに隠れていたのか、各々の武器を構えたプレイヤーがわんさか湧(わ)き出てきた。

今はとにかく前へ逃げ続けるしかない。

「陽翔ッ！　止まってて、罠(わな)よっ！」

背後から咲月の警告。

陽翔はすぐさま、踵(かかと)を地面に埋め込むようにして強引に足を止めた。

瞬間――目の前で凄(すさ)まじい爆音と共に街路が吹き飛んだ。

「……止まってなかったら確実に吹き飛ばされてたな。魔導の罠か？」

「ええ、手動式の罠ね。そこに風と炎の精霊がいる。遠隔操作で使役してるわ。私の精霊が見破ってくれなかったら危なかったわよ、陽翔」

そうしているうちに、後ろにいた男たちが追いついてくる。

揃(そろ)って視線と武器を旭姫に向けている。

「世界を牛耳(ぎゅうじ)る力と言われた〈未来視〉の旭姫が再び現れたんだッ！　倒してオレは名を上げるッ！　ハクがつくってもんだぜッ！」

「倒すなんて馬鹿なことを。オレたちは、【星の終わりを識る者(エンドクロニクル)】を仲間にする。〝スバル〟を最強のパーティに押し上げた力の一端……手に入れない道理はない！」

「待てコラ、そうはさせねぇぞ！　〈未来視(プロフェアータ)〉を手に入れるのは俺様たちだぜぇ！」

「下らない冗談はほどほどにして小規模ギルドは今すぐ下がりたまえ！　我々にこそ、〈未来視〉は相応(ふさわ)しい」

「昨日、〈未来視〉は発動していた。誰にも真似(まね)できないセンス……絶対に手に入れる！」

「今や〝スバル〟はバラバラじゃん。この機を逃すわけにはいかないじゃーん！」

旭姫(あさひ)本人の意思など関係なく、揃(そろ)って欲望をぶちまけている。

「まるで扇動(せんどう)されてるみたい……」

咲月(さつき)がぽつりと囁(ささや)く。

「こういう手合い、《リユニオン》にもいたのね。旧世界の頃は私たち、適当にあしらってたけど」

「……旭姫の〈未来視〉だけは真似できたやつがいないからな」

旭姫のセンス、〈未来視〉。

心奏センスの中でも特に不可解と言われた力は、未(いま)だに解析不能らしい。

どんな高位プレイヤーにも真似できない唯一無二の代物。

旭姫も説明に苦慮していたし、似たような固有技(ユニークスキル)も存在していない。

「だからこそ敵も多かったけど……まさか六年後も変わらないなんてね」

咲月が昔を思い出したように溜息(ためいき)を吐(つ)き、包囲してくるプレイヤーたちを前に、一歩足を踏み出した。

「いけるのか？」

「当たり前でしょ。誰に聞いてるのよ」

陽翔（はると）の心配そうな表情をよそに、咲月は怯（ひる）まずに押し寄せるプレイヤーたちを睨（にら）み付けた。

「命が惜しいなら、止まりなさい」

腰につけた武器を取り出し、地面を勢いよく叩（たた）く。

十六本の鞭（むち）、〈クリフォト〉だ。

「大切な話をしていた最中だったのよ。邪魔をするってことは、覚悟があるってことよね？」

咲月の目つきが鋭く吊（つ）り上がり、周囲に十二色の光が浮かぶ。

小さな人型であったり、動物のような形をしていたり、昆虫のような形をしていたり、混合型だったり、炎を纏（まと）っていたり、土でできていたり、水で包まれていたり――同じものはひとつもない。それが十二体、咲月の周囲を守るようにくるくると忙しそうに回っている。

これが、精霊だ。

「せ、精霊が十二体⁉　こ、こいつやべぇ！　ま、まさか！」

精霊群を見たプレイヤーが、一斉に及び腰になった。

「〝スバル〟の【精霊の女王(イノセンシア)】！」「《リユニオン》に来てたなんて、聞いていませんよ!?」「逃げろ！　消し炭にされちまう！　邪魔だよ、クソが！」「そっちこそ退け馬鹿(どけばか)！　こ、氷漬けは嫌(いや)だあああっ！」

戸惑っている者と逃げ出す者とで、ぶつかり合って混乱。口汚い罵声(ばせい)が飛び交った。

「逃げるなんて認めた覚えはないのだけど。あなたたちが逃げ帰るのは——現実よ」

再び鞭(むち)の音をビシッと響かせ、氷柱(つらら)のように冷たい言葉を浴びせる。

「——浚(さら)え、バチカル。焰(ほのお)の劫覇(ごうは)」

咲月(さつき)が指示すると、炎を纏(まと)った精霊が逃げた者にマグマのような灼熱を浴びせた。

他の追っ手も巻き込まれ、幾人ものプレイヤーが火に包まれる。炎に焼かれ、纏わりつかれたプレイヤーたちは必死に消火活動に回った。

しかし、普通の水では決して消えず、地面を転がっても、火元を押さえても消えない。高位精霊の炎は、魔導で作られた水か、消火専用のアイテムでなければ消すのは不可能だ。

「熱い？　なら、消してあげる。——放て、エーイーリー。蒼(あお)き鋼糸(こうし)」

次に現れた人型の精霊は氷を纏わせていた。

精霊の小さな手から細い糸が繰り出される。

無数の糸は硬き氷。ハリネズミの針のように勢いよく射出された糸は、周囲のプレイヤーたちを貫いた。

「たっ、助けて……！」

「知らなかった？　【精霊の女王】は刃向かう者を許したことはないの。――穿て、キムラヌート。地の攻塁」

次に大地の精霊が地面に手をつき、そこをめくり上げる。

彼らの逃げ道を塞ぐように、巨大な壁が生成された。咲月を中心に囲むように、壁が三十メートル以上、隆起しているのだ。

ここから逃れるには、地面を掘るか、あるいは――。

「そっ、空にっ！」

重力操作、風の操作、足下を爆発させたことによる推進力、あるいは人間大砲を作って飛ぶ、自らの身体を作り替える等々、アプローチは様々だが、プレイヤーはセンス次第で飛行できる。

だが――。

「浅はかね。――翔べ、アクゼリュス。翠の重圧」

まるで待ち構えていたかのように、天からの風圧が浮かぼうとしている者たちを容赦なく地面へと叩き落とした。

「這いつくばりなさい」

重力が五倍にでもなったかのように、プレイヤーたちが押し潰される。

彼らの姿は咲月に土下座をして許しを請うているかのように映った。しかし、当の本人に許すつもりはまったくなさそうだ。

「咲月、変わったような、変わらないような……」

「俺だって、あんな顔は初めて見るぞ……。昔から容赦なかったけど、さらにSっ気が増してんな……」

幼なじみふたりは、かつて御転婆だった少女の変貌を見て、なんとも言えない顔になる。

「昔に比べると鞭がすっごい似合ってるねー。カッコいい」

「……あいつに言うなよ。傷つきそうな気がする」

時を経て失われない彼女のセンス。

咲月は落ち着きが出たし、綺麗にもなった。

——それに比べて……。

自分ときたら、性格は捻くれ、何事にも本気になれず、挙句センスすら失った。

彼女が世界を鮮やかに彩る姿を見ると、よりそれを痛感する。

「さあ。思う存分燃やしなさい。可燃物たちは、そこら中に転がってるわ！　——浚え、バチカル。焔の劫覇」

咲月の鞭が唸り、精霊に当たるとビシッと小気味良い音が鳴る。

精霊は秘められた力を解放したかのように燃え上がり、咲月たちの周囲を文字通り火の海にした。

風の圧力で押さえ付けられたプレイヤーたちは逃げることもできず、いいようにバーベキューにされている。

あっという間に幾人ものプレイヤーがゲームオーバー寸前になっていた。

「も、もう無理だ！」「ゲームオーバーだけは嫌(いや)だぁ！」「し、仕方ねぇ！　アイテムを！」

アイテム――帰還の腕輪(バックフライト)を彼らは次々に使用する。

登録された場所へ飛ぶ、最後の逃亡手段だ。

「まったく根性がないわね、最近のプレイヤーは。この程度で逃げ出すなんて」

「……な、なんなんだ、てめぇ。その精霊の数！」

残ったプレイヤーたちが絶望的な表情で、咲月を指さす。

今も咲月の周囲には十二体の精霊が縦横無尽に飛び回っていた。

「魔導で契約できる精霊の数は、二体が普通じゃねーか！　ちょっとセンスのあるやつでも三体だ！　なのに十二体とか……ふざけてるだろ!?」

「ふざけてなんかいないわ。これが私のセンス――〈精霊座興(ドミニオン)〉なんだから。でも、まだ四体足りないのよね」

咲月は手のひらに小さな精霊を乗せて、軽く口づけた。

「もっとも、気に入った子しか契約してないからだけど」

魔導のセンスは精霊と契約することで発揮される。

契約する精霊によって使用できる魔導が変化するため、プレイヤーは多くの精霊と契約しようとするが、同時に扱えるのは二体が限界とされている。

精霊をこの世界に留め置くだけで、魔力は吸われて徐々に失われていくためだ。

この世ならざる現象を起こさせれば、魔力の枯渇はさらに早くなる。無尽蔵とも言える豊富な魔力があるからこそできる、咲月の座興なのだ。

「もう話は終わり？　なら終幕ね。——翔べ、アクゼリュス。翠の重圧」

残りのプレイヤーたちも風で吹き飛ばされ、壁を越えて消えていった。

「まったく、埃みたいに軽い連中ね」

言葉とは裏腹に、咲月は満足そうにしている。笑顔が妙に嗜虐的だ。

ギャップが強すぎたのか、旭姫が眉根を寄せている。

「……すごい悪そうな顔してるね。あれ、ホントに咲月？」

「精霊十体以上操れるヤツが、咲月以外にいてたまるか」

本当の女王のようになってしまっているのは、陽翔にとっても予想外だったが。

女王という二つ名は、そういう意味でついたわけではないのだが……。

「ふう、これで片付いたかしら」

咲月がひと息吐いていると、ズドンッという爆発音が響き、大地が揺れる。精霊の作った壁に大きな穴が空いた。

「あれだ！」「いた！　いたぞ！」「襲え襲え！」

巣を荒らされた蜂のように続々とプレイヤーが穴から現れる。壁の外から聞こえてくる声からして、数十人単位で集まっていそうだった。

「旭姫がおったんはホンマやったんや！」「ちょ、ちょっと待って!? 【精霊の女王】がいるですって!?」「ここにいた人たちが全員やられたのぉ!?」「さすが〝スバル〟ってだけはあるねぇ……」

大騒ぎが旭姫を狙う連中の呼び水となったようで、さらなる大量のプレイヤーを招き寄せた。

「まだ行けるか？　咲月」

「余裕だけど……面倒になってきたわね」

溜息交じりに、咲月が漏らす。

「馬鹿らしいし、逃げましょう。風の魔法で吹き飛ばしつつ、砂塵を巻き上げて紛れるわ。空を飛ぶからふたりとも摑まって。早く」

「お願いね、咲月！」「久しぶりだな、これも……」

旭姫と陽翔は彼女の肩に摑まる。

「――奔れ、アクゼリュス。翠の暴走！」

鞭が一発。小さな精霊は、その身体に強き風を纏った。

地面が削られ砂塵を撒き散らし、咲月たちの姿を隠す。

風を身体に纏わせて、咲月は飛翔した。旭姫と陽翔も引っ張られるように空へ浮かぶ。

「放したら真っ逆さまだからね！」

「わかってる！　あー、気持ちいい！」「ぎゃあああああああああああああああ！」

旭姫は楽しそうに、陽翔は表情を凍らせていた。

「こんなものを俺は楽しいと思ってたのか……！　どんな勇者だよ……！」

「……昔ははしゃいで、空での制御を四苦八苦させてくれたのに。すっかり、ヘタレになっちゃって」

「うるせぇ！　人は落ちたら死ぬんだよ！」

「この世界じゃそうでもないけどね」

幼い頃は日常茶飯事だったたし、鳥のように空を飛び、大地を見下ろす気持ちよさに酔ってもいた。

だが今は、高さ十メートル以上を滑空するなど怖すぎる。顔を歪める風圧や下腹にくる重量感など、このゲームのリアリティが逆に憎らしい。

下を見れば人は豆粒のように小さくなり、正面に目を向ければ地平線も見えている。

「陽翔、どこに行くの？」

「え、お、俺かよ」

「旭姫には行きたいところはなさそうだし」

「確かにね！」

「なんで堂々としてるんだ、お前は……」

陽翔は目を細めて地上を見渡し――気付く。

見覚えのある山や森の形。懐かしさに、記憶が刺激された。

「久しぶりにあそこに行くか？　昔から誰にも見つからなかったし、もしかしたら何か――旭姫の件で、手がかりがあるかもしれないし」

　震える声を抑えながら提案する。

「わかったわ」

　咲月も同じく思い出したのだろう。少しだけ針路を変える。

　幸いなことに空にまで追っ手は来ず、陽翔たちは静かに飛び続けた。


　陽翔たちは森の中に降り立つ。

　山を抉(えぐ)ったように切り立った岩壁の下には、崩落(ほうらく)でも起こしたかのように巨大な岩が幾つも折り重なっていた。

「……ちゃんと残ってるかね」

　陽翔が積み重なった岩石のひとつを持ち上げると、そこには人ひとりが通れるほどの入り口が開いていた。

「昔のまんまだな、ここも」

「大陸データは旧世界が終わった時のままらしいわ。倉庫や箱の中にしまっていたアイテム類はほとんど初期化されてるみたいね。落としてたアイテムは一部、残ってたりするみたいだけど。周辺にレアアイテムやレアモンスターが出ないのも、変わってなさそうだし」

「それにしたって変化がなさすぎだ。クライヴの変幻がまだ効いてるのか？　俺たち以外には見えないように」

「まさか……。それこそ初期化されてるでしょう。ここに誰も来てないってだけじゃないのかしら？　とにかく早く入りましょ」

　中には洞窟らしからぬ大きな空洞があった。

　サッカーのフィールドが入るほどの広さ。中央にはほどよい大きさの池があり、空洞の上、岩と岩の隙間から光が射している。昔と変わらず魚が泳いでいるらしく、時折パシャンと音を立てて水面を跳ねていた。

「あっ、そうだ。装備とか、アイテムボックスで探さないと。もう少しかわいい装飾品をつけたい気分なんだよねー」

　旭姫が奥に走り出す。

　陽翔や咲月からすれば六年ぶりだが、彼女にとってここは見慣れた光景なのだろう。何しろ彼女は、未だにクエストに行ったことを少し前の出来事と捉えている。

壁に沿って歩くと、入り口の反対側に壁に紛れるように巨大な岩が置いてあった。その傍に立って、旭姫が「早く早く」と急かす。

促されるままに岩をどかすと、小さな入り口が現れた。

陽翔が率先して中に入ると、旭姫と咲月のふたりも続いた。

「中も……変わりないな」

「昔に比べると、ちょっと埃っぽいかも」

ちょうど、十畳ほどのスペースがあり、アイテムを置くための棚やボックスがそこかしこに置かれている。壁を抉った中に、木で作られたベッドも残っていた。

「アジトに来るのも六年ぶりだけど、懐かしいわね。『いいとこ見つけた！』って旭姫が見つけてきて、『ここに秘密基地を作ろうぜ！』って陽翔が言い出して……」

「ガキだったたな……。秘密基地とか赤面ものの黒歴史だ」

「やれ見つからないように偽装しようとか、やれ脱出経路を作っておこうとか」

「おい、古傷を抉るのはやめろ」

秘密基地については全員が賛同した。貴法でさえ二つ返事で賛成している。

それだけ当時は誰に襲われようと返り討ちにできる自信があった。脱出経路を作っておこうという提案は、当時観た映画の真似だ。あるいはピンチに陥りたかったという捻くれた願望があったのかもしれない。

「あれー？　アイテムなくなってる」

旭姫がアイテムボックスの前で項垂れた。

「さっき言ったでしょ。《リユニオン》になって、アイテム類はほとんど初期化されたって。特にボックスの中に入れてたのは全滅じゃないかしら」

「うーん。こないだまで、余った装備品とかが入ってたはずなのに……。装飾品も全然残ってないなぁ」

「それで旭姫、何か思い出さない？」

難しい顔をして部屋の中をうろつく旭姫に咲月が問う。

「いきなり言われても……。あたしにとってはついこの間のことだし」

しかし、旭姫は困った顔で首を傾げた。

「……そう」

そんな折、ふと陽翔の目に小さな光が入る。

棚の上に、ひとつのリングを見つけた。銀色の光沢が力なく反射している。

「……初期化されなかったアイテムか」

「あ、それ……」

咲月もリングに気付く。

「ここに残してたんだ。装備しててほしかったな」

「咲月にもらったやつだったか。クエストには効果的に合ってなかっただろ?」

「そう……ね」

寂しそうに彼女は俯(うつむ)く。

「それでも、使ってほしかったのに……」

「何か言ったか?」

「何でもないわよ、バカ。残ってるだけでもよかったなって言っただけ」

リングを摘(つ)まみ、咲月はためつすがめつする。昔に思いを馳(は)せるように。

「本当に……懐かしいな」

対照的に、陽翔は極力思い出さないようにしていた。過去の記憶は、どれだけ楽しくても最後には旭姫の死へ行き着いてしまう。

事件以後、《ユニオン》という交流場所を失ったことでクライヴとは会えなくなり、自然とやり取りすることがなくなった。

希(のぞみ)は小学校卒業と同時に、親の都合で転校。転校先は遠く、気軽に行ける場所ではなかった。連絡を躊躇(ためら)っているうちに気まずくなり、その後メールひとつ送っていない。

貴法(たかのり)と咲月とも中学進学で学校が分かれ、それを機に会うことはなくなった。

「ないねー。何か少しでも残ってないかなぁ」

なおも旭姫はアジトの中を、つぶさに探し回っている。

「アイテムボックスは全滅してるわね。床下のアイテムもなさそう」

咲月が諦めなさいと告げ、旭姫が「むー」と唇を尖らせる。

まるで昔に戻ったようなやり取り。

ここにいると昔のことばかり、次々と頭に浮かんでしまう。

言葉を交わすふたりを尻目に、陽翔はアジトの外へ出た。

池は静かで、先程水面を跳ねていた魚の姿も見えない。

陽翔は入り口から少し離れた壁に寄りかかって、ひとり深い溜息を吐く。

「これから、どうするんだよ……」

咲月に請われてここまで来てしまったが、未だに自分がどうしたいのか見えてこない。

静寂な池に悩みも何もかも投げ捨てて、逃げだしたい衝動に駆られた。


「やあ」


洞窟内ということもあってか、その声は陽翔の耳にはっきりと届いた。

すっと胸にまで染みいるような、とても綺麗な声だ。

「……誰だ」

池にひとつの波紋が浮かぶ。

見たこともない少女が、穏やかな微笑を浮かべて池の上に現れた。

陽翔よりも頭ふたつ以上小さい、小学生にも見える姿。華奢な体躯を、ゆったりとした広袖の服で包んでいる。

襟首辺りまで伸びた銀のボブカットは、身長と相俟って可愛らしい。だが、どこか浮世ばなれした雰囲気と、心の奥まで見通すような美しく澄んだ瞳が、陽翔の心をざわつかせた。

「そんなに恐れなくてもいいのに。目も生まれつきなので、ご容赦願いたいな」

「……心を読んだのか。お前、心奏使いだな」

「そうだけど、使わなくてもわかるよ。今の君ならね」

目の前の少女は優しげな笑みを浮かべる。

「昔の君はずっと楽しそうで、感情を読む行為自体、無意味な人だったんだけどね」

「六年前の俺を――」

知ってるのか？　と続けようとしたが、すぐに考えを改めた。〝スバル〟への挑戦者が絶えなかった時期もある。その時に敗れたプレイヤーのひとりだろう。

「……何の用だ。旭姫狙いか？　そこまで〈未来視〉がほしいんだったら、あいつを直接、説得してくれ。戦闘以外の手段でな」

陽翔の言葉を聞いた彼女は、なぜか寂しそうな微笑を浮かべる。

「そう取られるのは悲しいな。まあ、状況的に仕方ないとは思うけど……危害を加えに来たわけではないよ」

「……じゃあ、何しに来た」

「わたしの名前はエリシア。他でもない君に、少々伝えておきたいことがあってね」

少女の声色は、どこか深刻だった。

「襲撃者たちがなぜ彼女を狙うのか、わかるかい？」

自然と表情が険しくなる。

「……旭姫に〈未来視〉があるからだろう」

そう答えると、彼女は困ったような表情を見せた。そんな認識では足を掬われるのだと言わんばかりに。

「〈未来視〉が狙われているのは、その通りなのだけど……君は彼女の力を不思議に思ったことはないかな？　心奏で未来が見える……。不可能ではないだろう。相手が人であれば、心を読んで先読みをすればいい。だけど、彼女のセンスは人以外にも効果を発揮する。物体における未来すら、正確に見通すんだ。これは従来の心奏では説明がつかない。つまり——」

エリシアは陽翔から視線を逸らさずに、淡々と続けた。

「正確な意味において、彼女の〈未来視〉は心奏センスではないということだ」

至極真面目な口調。まるで断定しているかのようだった。

「……じゃあ、なんだって言うんだ。心奏以外の五つでも、〈未来視〉なんて聞いたことない

ぞ。何より、最初の適性診断で旭姫は心奏に選ばれたんだ。それは俺たちだって確認してる」

「運営も、彼女の本来のセンスを知覚できなかった。カテゴライズされた六つのうち、一番近い心奏が選ばれただけさ」

「本来のセンスが……〈未来視〉を発動させているってのか。〈未来視〉の正体はなんなんだよ……！」

「それはまだ言えない。でも、彼女が得難い資質を持っているというのは事実で、これから起こる変革の片翼を担うであろう人材だ。それをわかっていて、プレイヤーたちを煽っている連中がいる。彼女を危機に陥らせて、覚醒を促すために……」

「……今、旭姫を狙ってるやつは扇動されて、利用されているだけだと？」

正直、陰謀論めいていて陽翔にはピンと来ないし、信じることもできない。

そんな陽翔に、エリシアは意味深な瞳を向け、

「彼女は思い出さなければならない。そして、君たちも。君たちの進むべき道は、塞がったままだ。障害を取り除かなければ進むこともできないだろう。だから向き合いたまえ。――君の、過去に」

そう言って、エリシアは陽翔に背を向けた。

「お、おい！　つまりどういう――」

「巨大なギルドも動き出している。彼女を任せたよ、天羽陽翔」

陽翔の制止も構わず、エリシアはそう言い残して姿を消す。

池の水面に浮かんだ波紋は彼女の消失と共に広がり、すぐに掻き消えた。

▼　▼　▼

陽翔たちが街で襲われ、空を飛んで逃げてから少し経った頃――。

アルトガーデンの街に、とあるギルドが入った。

「お、おい！　〝ライトニング〟が来たぞ！」

――〝ライトニング〟。

メンバー数は五百名とギルドの規模としては上位クラスとされる。

旧世界より名を轟かせ、新しいクエストが始まると真っ先に攻略にかかるギルドとしてもよく知られていた。

上位ギルドが総員を引き連れて街へ入ると、戦争でもしに来たのかと誤解される規模となるが、彼らはまさに軍隊のように一糸乱れぬ動きを見せる。

彼らは街の大通りを縦断し、中央の八叉路で止まると規則正しく整列した。

中でも一際、煌びやかな装備を纏っている者がいる。貴公子然とした気品のある顔立ちに周囲を睥睨する切れ長の鋭い目。隙のない佇まいは若き天才将校という言葉が当てはまるだろうか。華奢（きゃしゃ）に見えるが、微（かす）かな仕草や何気ない身のこなしから精強さも窺（うかが）えた。

彼こそが〝ライトニング〟のリーダー、王列缺（ワンレイシエン）だ。旧世界の時に比べると大人になっているが立ち振る舞いはまったく変わっていない。彼はここでも〝ライトニング〟を立ち上げていた。

街に来た目的は、現在大陸を騒がせている旭姫（あさひ）の捕縛。〈未来視（プロフェアータ）〉という先読みの力を得ることで、彼が目論（もくろ）む大いなる道は開く。

超位ギルド――旧世界から数えても五つしか存在しない、富、声望、権力、そのすべてを兼ね備えた真に偉大なる集団（チーム）。そんなギルドになる隙（すき）を虎視眈々（こしたんたん）と狙（ねら）っている。なかでも、〝スバル〟のような伝説クラスの名声。それを彼は欲していた。

「オーダー。旭姫の所在、捜索」

列缺の命令を受けて、メンバーたちが迅速に散っていく。

しばらくすると、残っていた周囲の取り巻きたちのプレイヤーリングがひっきりなしに光る。矢継ぎ早にメッセージが入っているのだ。それをひとつずつ報告する。

「護衛に【精霊の女王（イノセンシア）】がついているみたいですね」「先に襲（おそ）おうとした連中が一蹴（いっしゅう）されました」「大通りに壁ができていたり焦げたりしている痕（あと）が。魔導が使われた形跡があります」「旭姫側へのダメージはゼロとのことです」

「女王と合流したか……。逃げた先は？」

「今、目撃者に聞いて方向を絞っているところですが、空に逃げたのは確かなようです」

「わかった。急げ」

「はっ！」

訓練を受けた彼らはきびきびと動く。二歩以上は走る。止まるのは報告の時のみという厳しい規則があった。効率のよさは、他のギルドの追随を許さない。モンスターを倒す時も、他のギルドを襲う時も、彼らはこうして素早く動く。

そんな姿から、彼らはいつしか稲妻（ライトニング）と呼ばれていた。

「南南西の方に行った可能性が高いようです」

列缺が薄い笑みを浮かべる。

「よし、捜索隊を編成しろ。まずは百名。他の者は調査を継続せよ。もっと詳しい情報を集めて、向かった先を絞れ」

瞬く間に百名が集められ、彼の前に整列した。列缺は満足そうに頷（うなず）く。

「今からお前たちは旭姫を捜し、ここに連れて来るんだ。邪魔をする者は殺して構わん。この世界から消滅させてやれ」

捜索隊を前にマントを翻（ひるがえ）して、もってまわった仕草で指令を与えた。

彼らは敬礼。

列缺は頷（うなず）き、腕を前へ振った。

「よし、行――」

「〝ライトニング〟如(ごと)きが、旭姫(あさひ)を捕縛だと？　分不相応なことを考えたものだな」

突然、彼らの背後から声が響く。

「誰だ！　俺を〝ライトニング〟のリーダー、王列缺(ワンレイシエン)と知っての物言いか!?」

振り返ると、視線の先には銀白の衣服に身を包んだ少年が立っていた。

「僕の声を忘れるとは、君に与えた恐怖は手緩(てぬる)かったか？　それとも怖すぎて、忘却してしまったか？」

「た、貴法(たかのり)ィィィィ!?」

貴法だけではない。白を基調とした装備に身を包んだプレイヤーたちが、貴法のすぐ傍(そば)、屋根の上、木の上、至るところで〝ライトニング〟に武器を向けていた。

〝ライトニング〟のギルドメンバーたちがいきり立つ。

「何者だ、貴様ら！」「オレらに喧嘩(けんか)売るなんていい度胸だ！」

「や、やめろ！　やめるんだ！」

列缺が慌(あわ)てて制止した。端整な顔立ちを、絶望に染めて。

なぜ男ひとりにここまで怯(おび)えているのか。今まで見たこともないリーダーの姿に、〝ライトニング〟全体に戸惑いが広がっていく。

だが、無理もなかった。

「こいつは……〝イルミナティ〟のリーダーだ！」

「な――あ、あの超位ギルドの!?」

正体を聞いたメンバーたちが続々と驚愕の声をあげる。

〝イルミナティ〟は《リユニオン》で名を馳せる超位ギルドのひとつで、リーダーである貴法をはじめ、メンバーたちも実力者揃いだった。

「〝イルミナティ〟のリーダー、貴法と言えば【白闇の支配者(リバース・ラー)】として旧世界から名を馳せているプレイヤーじゃないか！　なんで、ここに!?」「圧倒的なセンスで敵対するプレイヤーを叩き潰してきたって……」「ゲームオーバーにしてきた数は三桁に届くとか……」

震え上がる〝イルミナティ〟のメンバーを見て、貴法が鼻を鳴らす。

「な、何をしに来たんだ。貴法」

「察してほしいものだが、言わなければわからないか？　警告だ」

貴法は身を相手に寄せ、息がかかる距離まで詰め寄った。

「警、告……？」

一歩ずつ列缺が下がるが、すぐに背中が壁にぶつかってしまう。眼前にはゆっくりと白き恐怖が迫る。

貴法(たかのり)は右手のガントレットを列缺(レイシエン)の胸に押しつけた。

「〈覇竜牙(ブレイカー)〉。粒子再組成」

すると、「ぐえっ」と潰(つぶ)されたような声をあげて列缺が地に伏す。

「な、なんで……起き上がれないなんて……！」

足掻(あが)いても、獣(けもの)のように四つん這(ば)いになるのが精一杯だった。いや、もはやこれは地べたを這いずる虫である。

「もし、貴様のギルドが彼女——旭姫(あさひ)を襲(おそ)うというのであれば、我々はあらゆる戯(ざ)れ言(ごと)を受け入れず、貴様らを余さず蹂躙(じゅうりん)する」

「ひっ……！」

「どこへ逃げようと、〝ライトニング〟のメンバーをすべてゲームオーバーにして世界を掃除してやろう。貴様に関わりのあるプレイヤーもすべてだ。なんなら貴様らが拠点を置く街すべてを廃墟(はいきょ)に変えてやってもいい」

「やっ、やめてくれ……！　ダメだ……」

「僕は懇願(こんがん)を聞きたいんじゃない。旭姫を襲おうという万死に値する行為を、見逃そうというんだ。もっと言うべき言葉を頭から捻(ひね)り出せ。それとも、鎧(よろい)を鉛よりも重いイリジウムに組成してほしいか？　圧死体ができあがるな」

「わ、わかった！　旭姫を襲うのは中止する！　金輪際、関わることもしない！」

「足らんな。僕は貴様らを止めるためにこんなところまで出張ったんだ。貴様らが旭姫のことを語るだけで虫酸（むしず）が走る。誠意を見せられなければ交渉は終了だ」

「わわ、わかった！　喧伝（けんでん）する！　旭姫を襲うプレイヤーは、もれなく〝イルミナティ〟が敵になると！」

「……及第点というところだが、貴様にしては上出来だろう」

真っ青な顔をしながら、ようやく重石（おもし）が解かれた彼は部下たちに向き直る。

「て、撤収だ！　三分以内にこの街を出るぞ！」

もはや恥も外聞もない。

彼らは最初からいなかったかのように姿を消した。

「……こういうところも〝ライトニング〟ですね。しかし、貴法様。ここまで脅（おど）さなくてもよろしかったのでは。らしくない」

貴法の横で秘書のように佇（たたず）む女性プレイヤーが、怪訝（けげん）な顔をする。

「馬鹿（ばか）どもにはいい薬だ。それと、ひとつ仕事だ。旭姫に関する噂（うわさ）がどこから流れているか確かめてくれ」

「はい。貴法様は随分と旭姫にご執心ですね」

「冗談はいい。ただ、この情報の確度、深度、広がりには違和感を覚える。この世界で感知できないことなど、我々〝イルミナティ〟にあってはならない。君らも心に刻み込んでおけ」

傍にいた女性は一礼し、すぐに転移する。

彼女が消えるのを見届けてから、貴法は空を睨み据える。

「噂の広がりが早すぎる。どこの介入だ……？」

▼　▼　▼

エリシアと名乗る少女がいなくなっても、陽翔はしばらく動けなかった。

「何者だったんだ、あいつは……」

旧世界の時に襲ってきたプレイヤーのひとりだと思ったが、かつて襲ってきた者たちはほとんど喧嘩腰だったため、ああいう形で話しかけてくれれば記憶に残りそうなものだ。

だが、いくら考えても思い出すことはできなかった。

「どういうことよ！」

突然、旭姫の怒声。声色でわかったが、本気で怒っていた。

陽翔は慌ててアジトの入り口から中を窺う。

「言ったとおりの意味よ、旭姫」

「な、何なの、それ……」

中では、旭姫と咲月が険悪な雰囲気で睨み合っていた。

「成仏（じょうぶつ）してほしいの。せめて姿を見せず、陽翔の心を乱さないで」

咲月は淡々と、無表情でそう語る。

何が原因でそんな話になっているのか、陽翔にはわからない。

「じょ、成仏って……。あたしは幽霊でも何でもないのに……！」

「私たちにとっては幽霊みたいなものよ。現実でのあなたは死んでる。ログアウトできない説明がつくじゃない」

「ログアウトできないのは絶対バグだもん。幽霊でも……ましてやNPCでもないんだから！」

「違うわ……。あなたは間違いなくデータの残滓（ざんし）よ」

「……な、んでよぉ……、咲月……。なんで、そんなこと言うの？　咲月、そんなこと言わなかったのに……。いつも、あたしの言うこと、真剣に聞いてくれたのに……」

旭姫は裏切られたと言わんばかりに、顔に悔しさを張り付ける。

涙を零（こぼ）し、信じてもらえない辛（つら）さが、目に見えてわかるほどだ。

「あなたが死んでから……怖いぐらいに何もかも変わったわ。でも、一番変わったのは間違いなく陽翔よ」

「陽翔が……？」

「わかるでしょう。今の陽翔が違うってことに。あれから陽翔はどんどん感情を失っていったわ……まるで、半身を失ったみたいに」

「…………」

「皆を引っ張ってきた陽翔がよ？　自分の内に籠って喋らなくなって！　サービスが停止した後も、学校が離れても、六年間、私はずっと彼を見守ってきたのよ！　いつかは自分を取り戻してくれるって思って！」

咲月は苦悩の表情を浮かべて続けた。

「だから……もう陽翔に関わらないで。あなたが旭姫でも……私たちは認めることはできないのよ。私たちだけじゃなく、あなたの大好きな家族だって――」

「そんなの……やだよ！」

旭姫は拳を握り締め、抵抗するように訴える。

「私は生きてる！　生きてるもの……」

そう言いつつも、表情から見て取れるほどに旭姫は怖がっている。

やはり言葉にできない不安を抱えているのだ。

彼女にとっては数日前。

陽翔と咲月にとっては六年前。

その意識の差異と、積み重ねてきた日々の違い。

幾つもの歪みが、旭姫と咲月の間に断崖を作り上げていた。

「生きてるって言われても……」

咲月自身も戸惑っているように見える。

自己嫌悪に陥っているのも、彼女の表情を見れば一目瞭然。

彼女とて、理屈さえ通れば信じたいのだ。

旭姫が生きているということを。

「どうして……。咲月なら、わかってくれると思ったのに……！」

「信じるに足る証拠がないからでしょ……。〈未来視〉が使えない時点で偽者にも思えるし……。〈未来視〉を使えないのは、あなた自身の脳から電気信号が出ていないからよ」

旭姫自身、原理を理解していないだろうが、六年前に流れた推論で、〈未来視〉は相手の感情から動きを超高度に演算しているというものがあった。

そのため、肉体側の脳で普段使っていない部位にまでニューロンを生成させ、活用しているのではないかという都市伝説まで出たくらいだ。

元々、旭姫は現実側でも勘がよかった。希がプールで溺れた時も、彼女は『希から目を離さないで』と直前に告げている。旭姫の言葉もあって、陽翔と貴法は速やかに希を助けることができたのだ。

「だから、昨日は使えたんだよ……」

「二択三択程度なら勘だけで言い当てることはできるわ」

彼女がデータだけの存在であれば、〈未来視〉のようなセンスは使えない。

咲月は、肉体側からのフィードバックがないから、〈未来視〉が使えないと結論づけたのだろう。

「何なの、六年って……。咲月も変わって、陽翔も変わって……」

「それが私たちの真実なのよ」

「じゃあ、陽翔がああいう風になるのを、咲月は黙って見てたの!?」

「な……っ」

咲月が険悪な雰囲気を醸（かも）し出す。

「あたしが傍（そば）にいれば……」

「そ、傍にいれば、なによ！　陽翔が変わらなかったとでも言うつもり!?」

彼女たちの言い合いはさらに加熱する。

もう、聞いていられない。

耳が痛い。心が痛い。

「だから、咲月は陽翔を――」

「旭姫こそ陽翔をなんだと――」

自分が原因の罵声（ばせい）が、心を抉（えぐ）る。

――もう昔の自分じゃないんだ。

この意識が枷（かせ）のように外れない。考えれば考えるほど、体と心が縛られるような感覚に陥った。

「いい加減にしてくれよ……！」

入り口付近から大声で怒鳴り付ける。

彼女たちの口喧嘩(くちげんか)を止める方法など、とうに忘れてしまった。

――いや、違う。

彼女たちの喧嘩を止めるのは、子供の陽翔(はると)の役目であって今の自分ではないのだ。

彼女たちが見ているのも、幼い時の陽翔であって自分ではない。

「今の俺は昔とは違う！　違うんだよ……！」

口から出た瞬間に、喉(のど)に後悔が粘性の液体のように纏(まと)わりつく。

だというのに、言葉は止まらない。

「過去はとっくに捨てたんだ！　お前たちは、その過去なんだよ！」

何でこんなことを言ってしまっているのか。

一言声を出すたびに、心臓が締め付けられる。

あっという間に声は擦(かす)れていった。

「だから、もう……俺に、構わないでくれ！」

そう言い捨てて、陽翔は勢いのままにログアウトした。

《七星（しちせい）のスバル》

Seven Senses of the Re'Union

【間章　追憶　~the side of Satsuki~】

六年前――。

咲月はこの日、折を見て彼にある物を渡そうと決意していた。

張り切っていつものアジトに来たはいいものの、仲間たちと挨拶を交わしているうちに覚悟が鈍ってくる。その日の挙動はどこか不審に見えたようで、希にまで心配されるほどだった。

咲月がまごついていると、突然嵐がやってくる。

「ねーっ、皆、聞いた聞いた!?　『深奥の闇』ってクエスト！　まだクリアした人出てないらしいよーっ！　すっごいボスがいるんだって！」

旭姫がワクワクした笑顔でアジトにやってくると、挨拶も抜きに楽しそうに語った。

『深奥の闇』。

《ユニオン》で発表された新たなクエストのタイトルだ。

ダンジョンを攻略して奥にいるボスを倒すという、代わり映えのしないスタンダードなもの。

《ユニオン》に積まれている自動拡張機構――クエストジェネレータシステムによって生成されたクエストのひとつだと思われていたが、実はとんでもないボスが待ち受けている超S級クエストであることが最近発覚した。それは咲月もウィズの掲示板情報で知っていた。

自分が話そうと思っていた咲月が顔を曇らせると同時に、クライヴが、「え～」とやる気のなさそうな声で水を差す。

「NO。どうせ、大したモンスターじゃないんじゃないの？」

「のーのー、クライヴ。そういうの、最初に倒すのってよくない？　誰も倒せないボスを倒すあたしたち！　いっつ、くーる！」

「クールかい？　今更そんな称号を手に入れてもなぁ」

「……知ってる？　ボスの〈無垢なる闇〉はすっごく強いんだよ」

気まぐれ屋でめったにやる気を出さないクライヴに、横から咲月が口を出す。

旭姫に先を越されたが、情報量では負けていないという自負があった。

「どのパーティもギルドも返り討ちにされてて、攻略の目処がついてないから、どこも及び腰」

「あ、咲月も知ってたんだ！」

「当然だよ、旭姫。知ってるってば、そのぐらい。皆、こういう情報調べないから、私が率先して調べてるんだからね！」

今度は貴法が思い出したように口を開く。

「なるほどな。〝ライトニング〟が慌ただしく動いてたのはそういう理由だったか」

「へー、結果は？」

咲月も知らなかった情報だ。興味を引かれて、思わず尋ねた。

貴法は肩を竦めて首を振る。

「ボスまで行って十秒もしないうちにやられたってさ。ゲームオーバー寸前で逃げ帰ったらしい」

小馬鹿にするように鼻で笑った。

「面白いじゃないか」

すると、陽翔が椅子から立ち上がって拳を強く握る。

咲月の目は、自然と陽翔の動きを追いかけた。

――いつからだろう。彼の一挙手一投足から目が離せなくなったのは。

この世界でも、現実でも、咲月は気付けば彼を見ていることが多かった。

「久々に俺らが本気出せるってことかもしれないぜ」

陽翔はやる気満々で力強く言う。

〝スバル〟が、この世界で一番強くなってから重ねた時間は長い。

少し前に上級者百人を返り討ちにして以来、挑戦してくるプレイヤーやギルドもいなくなってしまった。

この世界のボスモンスターもほとんど屠っており、〝スバル〟は退屈だったのだ。

「というか、運営の挑戦なんじゃないか？　誰も倒せていないってことは、倒せるのは俺たちしかいない。運営が俺たちに倒してみろって言ってるんだよ！」

「そうそう！ どんなすっごい攻撃してくるのか、気にならない？」

陽翔と旭姫がメンバーたちを煽ると、

「旭姫が言うなら、僕は行こう」

貴法が首肯し、

「た、貴法くんが、行くなら、その、わたし、も、行く」

希も控えめに同調する。

「ま、陽翔と旭姫がそこまで言うなら、モチベーションもアップするってものだね。久しぶりに本気を出せるなら、ちょっと楽しみだ」

クライヴも続く。

すると、五人は一斉に咲月を見た。お前は来ないの？ と言わんばかりに。

咲月が仕方なさそうに溜息を吐く。

「もー。結局行くの？ 私の魔導がないと話にならないでしょっ！」

当然のように皆に乗っかり、クエストに挑むことが決定。

いつもの流れだ。

陽翔や旭姫が無茶を言って〝スバル〟を引っ張り、他のメンバーたちも巻き込まれる形で追随する。

こなしてきたクエストの大半が、こうして決まっていた。

咲月自身、それが嫌いなわけではない。

旭姫の言葉に、陽翔が笑顔で頷くこと以外は……。

「やるからには全力だからな。アイテムもちゃんと吟味しろよ、貴法」

「誰に言ってるんだ。陽翔こそ、手を抜くんじゃないぞ」

マイボックスからアイテムを取り出して、持っていくものを選別する。

どんな相手であれ、倒すと決めた以上は本気で挑む。

彼ら〝スバル〟のルールだ。

「さて、どっち持っていくかなぁ。おっきい方か？」

陽翔がふたつのアイテムを見比べている。

——また明日渡そうかな。

そんな考えが咲月の脳裏を掠めた。

だが、このままではまた渡せなくなってしまう。今朝の決心は何だったのか。

渡すなら。今しかない。明日にするという選択肢を選んだが最後、また勇気を絞り出さなくてはいけないのだ。

咲月は覚悟を決めて陽翔に近づく。

「ん？　どうした、咲月？」

気付いた陽翔が後ろを向くと、咲月は勢いに任せて手を差し出した。

「は、陽翔！　こ、これ！」

手のひらに載っているのは、リングのアクセサリー。

咲月は頬が熱くなっていることを自覚してしまう。ともすれば発熱しているのではないかと思えるほど、身体がカッと熱くなる。

陽翔はアクセサリーをまじまじと眺めている。

「なんだ、これ？」

「プ、プレゼントっ！　ちょっといいもの見つけたけど、私は使わないからあげるって言ってんの！」

言葉に出してから、すぐに後悔した。

もっと上手い言い方はないのか。もらってくれなかったらどうするんだ。

陽翔の性格からして無碍にされることはないと信じているが、不安は拭えない。

「ヒュゥ！　お熱いね、おふたりさん！」

クライヴの冷やかしが飛ぶ。

「違うってばっ！　前に迷惑かけたお詫びだし！」

「真っ赤じゃないか」

「真っ赤じゃないしっ！　電子視覚に不具合でもあんじゃないのっ!?」

動揺のあまり、咲月は声を荒らげてクライヴを睨みつける。

アクセサリーをもらった陽翔(はると)はニカッと気持ちいい笑顔を浮かべた。

「サンキュー、咲月(さつき)。ありがたくもらっとくな」

そう言われ、少し複雑な気分になる。

そんな答えがほしかったわけではないのだ。

「今度、お礼するぜ。何かほしいもんあるか？」と聞いてくるところも妙に軽々しくて、納得がいかない。

だけど、咲月も陽翔の察しの悪さは諦(あきら)めている。この程度でへこたれてはいられなかった。

ひとまず、渡すことができて咲月はホッとする。

すると、ふたりを見ていたらしい旭姫(あさひ)が満面の笑みを浮かべた。

「——これからも、ずっと皆(みんな)で一緒にいられるといいね！」

あまりにも唐突な台詞(せりふ)だったが、旭姫の言動はいつだって突然だ。

咲月はもう慣れきっている。他のメンバーも不思議な顔こそすれ、いつものことだと受け入れていた。

「言われるまでもないぜ」

陽翔が拳(こぶし)を差し出して真っ先に答える。

「うんっ。私たち〝スバル〟は、ずっと一緒の仲間だからねっ！」

咲月も、旭姫に負けじと声を張った。

「まあ、当然だな。僕たちが離れることなんか、考えられないし」

貴法もフッと口許を和らげ、旭姫の意見に同意。

「わたしも……皆とずっと一緒がいい」

普段あまり喋らない希も、貴法をちらりと見て呟いた。

「オレも、皆と同じ幼なじみだったらなっていつも思うよ。だから、これからも一緒にいるってのは大賛成さ」

「何言ってんだよ、クライヴ。俺たちはもう幼なじみみたいなもんだろ？　現実で会わなきゃ幼なじみになれないなんて、そんなジョーシキ、時代遅れだっての」

「……サンキュー、陽翔」

クライヴが照れたように笑う。

そんなふたりを見て、陽翔はやはりパーティの中心なのだと咲月は静かに微笑んだ。

「でも、やっぱりクライヴとは直接会ってみたいよな」

「いいネ！　オレが行く機会があればそれもよし。そっちが来たらオレの国をガイドするよ」

陽翔とクライヴが、思いを通じ合わせるようにハイタッチした。

全員がアイテム整理を終えると、部屋の中央に自然と集まり、円をつくる。

皆が示し合わせたように頷き、リングのついた左手を差しだした。

「〝スバル〟はここに、約束しよう!!」

旭姫がにこやかに宣言する。

「仲間を信じ！」

咲月が真面目な表情で続き、

「センスを磨き」

貴法が自信満々の顔で、

「誰よりも強く！」

　クライヴがニヒルな表情を浮かべて、

「こ、この世界で輝けるように」

希がオドオドしながら、

「絆にかけて、ここに誓おう！　そして――」

「「「「「皆で、伝説になろう!!」」」」」

六つの拳が天を突く。

――プレイヤーリングとは別にもうひとつ。最高の仲間、〝スバル〟の証であるパーティリング。星の刻まれた揃いのリングが、まるで星座のように光を反射する。それはあたかも、誓いを見守る六連星のようであった。

「よーし、行こうぜ！」

陽翔が声を掛け、〝スバル〟は『深奥の闇（やみ）』――〈無垢なる闇（プルガトリオ）〉討伐クエストのダンジョンへ向けて出発した。

ダンジョンへ辿（たど）り着くと、上級者（エキスパート）のプレイヤーが数名たむろしていた。未達成のクエストということもあり、誰もが虎視眈々（こしたんたん）とクリアを狙（ねら）っているのだ。それを目当てに商売している露天商もいる。

各々が最後の準備を整えている時、咲月は陽翔と旭姫がいなくなっていることに気付いた。

「あれ？　クライヴ、陽翔と旭姫は？」

「さあねえ、露店に稀少品（きしょうひん）でも探しに行ってるんじゃないの？」

「た、貴法君もいないの……」

傍（そば）にいた希もふるふると首を振る。

なぜだろうか。心がざわつく。

咲月はクライヴたちから離れて、ダンジョンの入り口付近を捜し回った。

ほどなくして壊れた柱と柱の間にふたりを見つけるが、

「……何してるの？」

いつにない雰囲気で向き合う陽翔と旭姫に、思わず咲月は身を隠す。

聞き耳を立てて会話を拾った。

「なんだよ、旭姫。こんなところまで連れてきて」

「陽翔と約束したいことがあるの——あのね」

旭姫が笑顔で、何かを喋る。

「あたしは——————。だから、陽翔は——————」


そう言って、旭姫が陽翔に自分のパーティリングを差し出す。

陽翔もまた照れながら自分の指からリングを外した。

そして、お互いの指につけ合う。

「約束の、指輪交換だよ。陽翔」

その光景はまるで、神聖な結婚式のようで——。

咲月は、息を潜めて見つめることしかできなかった。

第三章　秘めたる想い

勢いのままログアウトして、翌日。

その日は朝から霧雨が窓に張り付いていた。降水確率六十パーセントの陰鬱（いんうつ）な空模様は、雨を降らせ続けている。天気予報では、午後からさらに強くなるという。

普段から外に出ることの少ない陽翔にとっては、雨でも晴れでも生活に変わりはないが、空が暗くなると気分は晴れない。

おまけに、昨日の発言を死ぬほど後悔したまま寝たせいか、目覚めも最悪だ。

「……ホント、何やってんだろうな、俺」

着替えてからも、だらだらとベッドに寝転がって午前中を過ごしてしまった。

時計の針はそろそろ正午を指そうとしている。

午後も同じように過ごす予感を覚えていると——インターホンが鳴った。

父親は仕事中、母親と妹は外出中。今、家には陽翔しかいない。

足取り重く玄関に向かい、モニターで来た相手を確かめる。

「咲月……？」

一瞬の躊躇（ちゅうちょ）。

だが、やはり無視することはできなかった。陽翔は扉を開ける。

「陽翔……」

インターホンを鳴らせずしばらくそこに立ち竦んでいたのか——元から色白だった肌は、青ざめているようにも見える。足下が少しだけ濡れていた。

「……とりあえず、入れよ。このマンションの通路、横殴りの雨だと入り込んでくるからな」

陽翔は彼女を玄関に招き入れた。

「……どうしたんだ？」

「ごめんなさい。私、あなたの気持ちも考えずに……」

咲月がすぐに頭を下げる。

彼女も陽翔と同じく、後悔していたのだ。

昔と同じように後ろに手をやって、気まずそうに視線を泳がせている。

「別に……お前が謝る必要はないだろ。……あがってくか？　タオルぐらい貸すけど」

陽翔が洗面所に引っ込むと、遠慮がちに「お邪魔します」と言って咲月もあがった。

取ってきたタオルを、リビングの椅子に座っていた咲月に放り投げる。

「あ、ありがとう」

咲月が足を拭くのを横目に、陽翔もテーブルを挟んで正面に座る。

「あれから旭姫は、何か言ってたか？」

「……『あたしは陽翔を信じてる』ってだけ」

「あの……馬鹿」

思考回路が変わっていない。

彼女からしてみれば全く時間は経っていないのだから当然かもしれないが、陽翔は頭を抱えたくなった。

いっそ、自分の頭の中も六年前に戻れればいいのに。そんな益体もないことを考えてしまう。

「陽翔……少し嬉しそう？」

「馬鹿言うなよ。なんで」

「頬がぴくぴく動いてたから。昔からの癖、っていうか脊髄反射」

思わず頬を手で押さえる。

幼なじみは自分ですら知らないことを知っているのが怖い。

「旭姫が陽翔を無条件で信じるのも変わらないわね」

「そう、だな……。あいつはどうしようもないお人好しだ。文字通り、死んでも直ってない」

「ふふ、旭姫らしいわよね。それにあの子、自分が死んでないっていうことも信じてる。私、あんなこと言うつもりじゃなかったのに……。何やってんだろ」

ふたりで深い溜息を吐くと、時計の音だけが響く静寂の時間が続く。

やがてゆっくりと咲月が口を開いた。

「……陽翔は、何しに来たのか聞かないのね」

「お前のことだから、律儀に謝りに来たのかと。でも、昔は用もなく来てただろ」

「その頃とは変わっちゃったから。会いたくない、もう二度と来るなって言われたらどうしようって思ってた。でも、今回はあなたに謝りたかったし。言いたいこともあったから」

「言いたいこと？」

「……決意表明、かな」

穏やかに微笑んで咲月が言う。ただ、その表情には迷いもあるのか、眉を少し曇らせている。

「私ね。旭姫に負けたくなかったの。可愛さでは敵わないけど、絶対に負けたくない気持ちがあったんだ」

咲月の呟くような独白に、陽翔は真摯に耳を傾けた。

「意地を張り合って、張り合って、張り合って……あの子が生きてれば、今もぶつかり合ってたんだろうけど……それも、できなくなっちゃったから」

咲月が手をギュッと握って、僅かに俯く。

「最後の最後で、私は完膚なきまでに負けちゃった。勝ち逃げされて……死んだ人間には勝てないって、あの日、初めて思い知ったの」

「……負けたって、何にだよ」

「欲しいものを手に入れる戦い、かな」

はぐらかされた答えに、陽翔は内心首を傾げる。

咲月自身もわかってほしいと考えていないのか――いや、わかってほしくないというようにも見えた。

「だけど、こうして、ね。また旭姫と顔を合わせられるから。ゲームの中だけだけどね」

「……お前、あいつが本物だって信じてるのか？」

「本物かどうかはわからないけど、本物だと思ってるわよ」

妙な言い回しをして、咲月は少しだけ表情を緩ませる。

「旭姫は死んだ。それは間違いない。ただ、データ上で旭姫が生きてた。そういうことでいいやって思い始めてる」

「……いつ消えるかもわからないのにか？」

「私だって割り切ってるわけじゃないわよ。散々悩んだし、今も迷ってる。でも、あの子、本当に私の記憶のままだから、昔できなかったことをしたいって考えてしまうの。昔のことをたくさん思い出せたんだ。昨日、夢を見たのも、きっとそのせい」

「夢って、昔の夢か？」

「うん。クエストに向かう前のね。ほら……」

咲月はポケットに手を入れ、取り出した物をテーブルに置いた。

くすんだ銀色。弱々しい光を反射させている。

小さな小さな指輪だった。

「これは……」

「陽翔、覚えてる?」

「そりゃ、な……」

〝スバル〟の指輪だ。

ゲーム内で作った揃いのリング。だが、ゲーム内だけでは飽き足らず、皆が現実でも持っていた。

お小遣いを持ち寄って同じものを買い、海外にいるクライヴにも贈っている。

安っぽい真鍮の指輪だが、陽翔たちにとってはプラチナや金よりも遥かに尊かった。

「昨日、部屋の中を捜したら見つかったんだ」

「まだ……持ってたのかよ」

どういうわけだろうか。目が指輪に吸い込まれてしまう。

見ているだけで、心臓の鼓動が早くなっていく気がした。

不安でも、恐怖でもない。正体不明の、強い情動。

「約束、覚えてる?」

咲月に探るような目を向けられ、またも心臓が脈打った。

その言葉が、胸の深いところに突き刺さり、落ち着かない。

「約束って……俺と咲月の？」

恐る恐る口にすると、ふるふると咲月は首を振った。

「……思い出せないなら、いいの。私も、ライバルに塩を送るほどお人好しじゃないから」

陽翔の様子に構わず、咲月は続けた。

「私はまた行くわ。あの世界に。今度こそ負けられないからね」

「だから……負ける負けないって具体的に何にだよ」

「内緒」

咲月がこう言う時は、頑として口を割らない。追究は無駄だ。

「このことを陽翔には言っておきたかった。言ってどうにかなるわけでもないけど。……だから、決意表明なのよ」

そう言って彼女は満足がいったように小さく笑みを浮かべた。

「なんだそりゃ……。それで、何か変わるのかよ」

「ええ。おかげで、またログインする勇気が……旭姫に会う理由ができたから」

咲月は名残惜しそうに指輪を摘まみ、ポケットに戻そうとする。

「……ちょっと、待ってくれ」

陽翔が呻くように言うと、咲月の腕は止まった。

指輪から目が離せない。

何かを思い出せそうで、だけど、何も出てこなくて。
そう言えば。
――俺の指輪は、どこにしまったっけ。
部屋の中に片付けた記憶はない。
捨てたという覚えもない。
はっきりわかっているのは、手元にないことだけだ。
〝スバル〟の指輪は――。

『約束の、指輪交換だよ。陽翔（はると）』

耳鳴りのように、彼女の声が突き刺さる。
ゲームの中での、ささやかな儀式――。
「――約束って、俺と……旭姫（あさひ）の？」
咲月（さつき）は答えない。
少し寂しげに微笑（ほほえ）むだけだ。
――そうだ。俺はしてる。旭姫と、大事な約束を。
錆（さ）び付いた記憶の底から、情景が巻き戻るように浮かび上がる。

『あたしは――――。だから、陽翔は――――』

だが、重要な言葉を邪魔するように、不快なノイズが入った。約束は記憶の海に沈んで、汚泥から這い出てこない。

それでも、今、大切な断片を摑みかけている。

――俺の、指輪は……！

陽翔は勢いよく立ち上がった。派手に倒れた椅子の音に、窓が抗議するように軋む。

「ど、どうしたの陽翔？」

唐突な行動に、咲月が目を丸くした。

「悪い。咲月、野暮用ができた。適当に帰ってくれ」

「ま、待ちなさい、どこに行くのよ！　私も――」

玄関で靴を履き、家から駆け出す。

エレベーターを待つ時間も惜しい。五階から階段を三段飛ばしで降りていく。

道路に出ると、雨が当たった。

――構うものか。

水溜まりを跳ね散らかしながら走る。

ズボンの裾が濡れそぼって、上着にも小さな雨粒が群がり染み込んでいった。
水分を含んだ服が、足を重くする。
久々に全力を出された四肢が悲鳴をあげる。
霧雨だった水滴は、少しずつ激しくなって身体を打ち付ける。
それでも、止まらない。
迷うことなく、前へ前へ。
十分ほど走って山道へ入り、細い石段を登る。
ほどなくして見えてきた寺。境内のさらに奥へ。

そこには、墓石が均一に立ち並んでいた。

彼女の位置は、この街を一望できる特等席。
荒い息を吐き、水を滴らせながら、陽翔は旭姫の墓前に立った。
ここに来るのは何年ぶりだろうか。
墓石を前にして、心が沈んでいく。
――少し。
少しだけ、《リユニオン》の中で旭姫を見て、希望を抱いてしまった。あまりにも馬鹿馬鹿しい空想を思い描いてしまった。

実は、今までのことがすべて夢で。

旭姫は当たり前のように生きていて、自分の記憶の方がおかしいのではないかと。

しかし、都合のいい幻想は、揺らぐことのない現実を目の当たりにして、落としてしまったガラスのように呆気なく砕け散った。

やはり――旭姫は死んでいる。

墓前には花が添えられていた。旭姫の好きだった桃色のガーベラだ。

先客はもう帰ったのだろう。墓も綺麗に掃除されている。

周囲に誰もいないのは好都合だった。

「ごめんな、旭姫……」

墓石の前に四つん這いになると、おもむろに下の土を掘り返し始めた。

「ちょ、ちょっと陽翔！　何やってるのよ！」

追いかけてきていたのか。咲月が大声で制止してくる。

だけど、手は止めない。汚れるのも厭わず、爪に土が入るのも構わず、掘っては水に濡れる土を抉っていく。

まるで墓荒らしの所行だ。最低な、クズ野郎の所行だ。

――だけど……！

「やめなさいってば！」

駆け寄ってきた咲月に身体を摑まれた瞬間。

「――あった」

呻くような低い声が、口から漏れる。

出てきたものを、手から零さないように土の中から摘まみ上げた。

薄汚れて、緑青色に酸化した指輪。

陽翔の、指輪だ。

咲月がまじまじとそれを見やる。

「……それ、陽翔の？」

「ああ。俺の指輪だ」

「なんで、こんな場所に……」

この指輪は――旭姫のものになるはずだった。

死ぬ前に行った旭姫との指輪交換は、ゲームの中だけで、

「現実の指輪も交換しようって言ってたんだ。でも――」

旭姫はそのまま帰らぬ人となった。

あの頃は、旭姫のことを考えるだけで罪の意識に苛まれた。

自分は彼女に何をしてやれたんだろうと思うと、涙が止まらなかった。

何もできなかった己（おのれ）の無力さを憎んで蔑（さげす）んで、さらに泣いた。

そして、無気力なまま部屋に籠（こも）りきりだったある時、唐突に身体（からだ）の震えが止まらなくなるほどの戦慄（せんりつ）が込み上げてきた。

——このままじゃ、旭姫（あさひ）の全（すべ）てが幻になってしまう。

ゲームの中で渡したリング——彼女との誓いだけは嘘（うそ）にしたくなかった。

どうすれば旭姫に渡せるのかを考え抜いた末に、彼女の一番近くに指輪を埋めた。

今思えば、子供の浅知恵もいいところだ。

「なんで、忘れてたんだろうな。ここに埋めたことも。約束、してたことも……」

「……もしかして、思い出したの。陽翔（はると）？」

陽翔は首を振る。

指輪交換したことを思い出せても、あの時の言葉は未（いま）だに霞（かすみ）がかかったままだ。

だが、霧の中で微（かす）かに見える人影のように、朧気（おぼろげ）ながら辿（たど）れる記憶もあった。

『〝スバル〟はここに、約束しよう!!』

皆（みんな）で誓い合う時の、旭姫の前口上。

約束。

あの頃の自分が、そして、皆が大切にしていたもの。

決して破ることなく、違えることもなかったもの。

「……俺たちってさ。困った時も、迷った時も、お互いが協力し合って解決してたよな」

「そうね。怪我で入院して、勉強が遅れた貴法を手伝ったり……」

「お前ができなかった逆上がりを、放課後できるまで付き合ったな」

「陽翔だって悪ふざけして先生を怒らせて、皆で謝ったじゃない」

「あったな。他にも……捨て犬を助けようとした旭姫のために、皆で旭姫のおばさんに頼み込んだり」

「喧嘩に巻き込まれた希を、皆で助けたよね。リアルでもゲームでも」

「何かトラブルがあっても、俺たちは力を合わせて、皆で乗り越えてきた」

仲間を助けるのに、理由なんていらなかった。

あるとすれば――。

「それが、〝スバル〟の約束だったから」

ずっと一緒にいようという約束も、忘れたつもりでいた。

過去を捨てたつもりで、過去を振り返らずにいた。

「また俺は、あいつを見捨てるところだったんだな……」

指輪を強く握り締める。

《リユニオン》で会った旭姫が本物という確証があるわけでもない。

それでも、言葉にできない想いがとめどなく溢れてくる。

「行くの？」

「ああ、戻る。旭姫との約束すら覚えていない有様だけど。今の俺じゃ戦力にはなれないけど。せめて……少しでも、あいつの力になりたいんだ」

——子供の頃と同じように。

「……陽翔」

咲月が小さく笑う。

嬉しそうでありながら、どこかもの言いたげで——複雑な笑みだった。

「咲月は反対か？」

「ううん。良かったなって思う。私も嬉しいし、勝負はこれからだから」

「勝負？」

陽翔の質問に、咲月は答えない。悪戯っぽい笑みを返すだけだ。

「決めたのなら行かないと。善は急げなんじゃない？」

まだ迷いはある。

まだ戸惑いがある。

まだ躊躇いもある。

――でも、過去に向き合わなければ、何も果たせない。

「戻ろう。《リユニオン》へ」

陽翔は墓石に背を向け、振り切るように歩き出した。

▼　▼　▼

陽翔と咲月のふたりが立ち去った後――。

巨木の陰からひとりの少年が姿を現した。

「……」

私服に身を包んだ御門貴法(みかどたかのり)だった。《リユニオン》でのように白をベースにはしておらず、落ち着いた色合いのシャツとスウェットパンツを上品に着こなしている。

彼の傍(そば)には執事服を着た老人が傘(かさ)を差して控えていた。自分の身が濡(ぬ)れるのも構わず、傘は貴法に傾けられている。

「坊ちゃま。そろそろ戻りましょう。お風邪を召してしまいます」

老執事は心配そうに主(あるじ)へと視線を向けた。

「……わかった。行こう」

貴法が歩き出す。老執事も貴法に合わせて動き出した。

歩きながら老執事は感慨深そうに語り出す。

「旭姫様も、坊ちゃまにこうして参られて幸せでしょう」

「……だといいがな」

「陽翔様と咲月様には、本当に挨拶しなくてもよろしかったのですか？」

「不要だ」

「子供の頃は、仲もよろしかったでしょう。会えば必ず」

「——くどい」

「失礼致しました。ですが、坊ちゃま。幼い時の縁というのは得難きものです。ゆめゆめお忘れなきよう」

「堕落する結果にしかならぬ縁など断ち切るべきだ。父も昔から友人は選べと言っていただろう。結び直したところで、どんな意義がある」

「……出すぎた真似を。失礼致しました」

老執事はそれ以上何も言わず、静かに一礼した。

執事を黙らせた貴法は少しだけ振り返り、旭姫の墓を見やった。

雨に濡れ、物言わぬ墓石。

貴法にとっては、言葉にできない想いが詰まりすぎた場所。

「旭姫にあんな男は相応しくない。彼女のすべては……僕のものだ。生と死すらも僕のものだ……」

首に提げたネックレスを恭しく強く握り込む。

彼の愛執に包まれたのはふたつの指輪。

∞の形になるよう接合された指輪だ。

「――待っててくれ、旭姫」

誰にも届かない独白は、雨音に紛れて散っていく。

車に乗り込んでも、貴法はずっと墓地の方角を見つめていた。

▽　▽　▽

三度目の噴水前。アルトガーデンの街は盛況で、多種多様な装備を着込んだプレイヤーたちが血気盛んに声を掛けあっている。この日は噴水近くで、リュートとクルムホルン、タンブランという組み合わせの三人組が音楽を奏でていた。その演奏に誘われるように、プレイヤーたちが集まっている。

咲月の姿は見えない。インターフェースを表示し、リストから相手の状況を確認すると、彼女はまだ《リユニオン》に入ってきていなかった。

プレイヤーリングが淡く光っていることに気付く。メッセージの受信を知らせるアラームだ。

インターフェースを開くと、咲月からだった。

『ごめんなさい。家の用事を済ませてから入ります。一時間ほどかかります』

丁寧な文章から、今更ながら六年の月日を実感する。昔の咲月なら、『一時間ぐらい待ってて！　私抜きでクエスト行かないでよ！』ぐらい書いてきただろう。

続いて、旭姫が身を隠している宿屋の情報が送られ、陽翔は「了解、先に合流してる」と返信。それから旭姫にログインしたことを伝えるメッセージを送る。だが、返答は来なかった。

——昨日のこと、怒ってるのか……？　咲月の話だとそれはなさそうだけど……。

陽翔は、すぐに彼女の泊まっている宿屋に向かった。

「何かあった、とかじゃないよな……」

不安を押し殺すように呟く。

宿屋の部屋やプライベートルームと呼ばれる個人の部屋は、絶対不可侵のエリアだ。フィールド上や街中と違って、安全が保証されている。攻撃が攻撃として判定されないため、プレイヤーからの攻撃では絶対に死なない。昨日のように襲われたとしても、ゲームオーバーにはならないのだ。

陽翔は気持ち足早に歩く。

中央の大通りを南西に進むと、地味な木造五階建ての建造物が見えた。旭姫の泊まっている場所だ。

中へ入り、食堂を通って階段から最上階まで一気に駆け上った。

旭姫の部屋番号が書かれた扉の前でノック。

「……」

反応がなかった。扉はロックされていて、ドアノブを回しても開かない。

「マジかよ。あいつ、まさかいないのか？」

僅(わず)かな焦りが滲(にじ)んでくる。

再度、メッセージを旭姫に送るものの反応がない。

勝手に出ていった。隙(すき)を衝(つ)かれて誘い出された。あるいは本当の意味で消えてしまった。

考えられる可能性は、いくらでもある。

陽翔はすぐ一階へ下り、受付へ。

『どうぞ、陽翔様』

幸い、旭姫は陽翔が鍵(かぎ)を受け取れる設定にしてくれていた。

すぐに最上階の部屋へと戻る。

扉の鍵穴に乱暴に鍵を差し入れた。ガチャッと高い音を立てて扉が開く。

「旭姫！」

転がるように部屋の中に入ると、

「くー……くー……」

旭姫はベッドの上で寝ていた。可愛らしい猫柄の寝間着を着て、とても気持ちよさそうに。

陽翔は大きく息を吐いて、がっくりと項垂れる。

「……心配して損した」

とはいえ、捜す手間も省けたのだから、結果的には一番よかったのだろう。

「う〜……むー……」

唸るような寝言を漏らしながら、旭姫が寝返りを打つ。

改めて見ると酷い寝相だった。掛け布団は床に落ちているし、枕は隅に押し込まれているし、旭姫の身体は卍の人文字を作っている。

「昔を思い出すな」

現実で一緒に寝ていた時には、何回も殴られたり蹴られたりした。

アザを作ったことも一度や二度ではない。

陽翔は部屋に備え付けられた椅子を引き寄せて、寝ている旭姫の横に座る。

幸せそうな寝顔を見ながら、小さく安堵の息を吐いた。

「ホント、こっちの気も知らずに気持ちよさそうに寝やがって……」

「ん〜……」

しばらくして、旭姫がうっすらと目を開けた。

何度か瞬きすると、目を大きく見開き、陽翔をロックオン。

「あ、陽翔っ！」

がばりと起き上がって、飛び込むように陽翔に抱き付いた。

「うおっ！」

椅子ごと倒れ、不協和音が響く。

旭姫は満面の笑みを浮かべ、

「おはよう！」

「……馬乗りになって言うことか。どいてくれ」

「えー。陽翔、素っ気なーい」

「昔からそうだったろうが」

「寝起きの時は、ちゃんと抱きしめてくれたもん」

「そりゃ、俺が寝ぼけてた時じゃねーか！」

旭姫の肩を掴(つか)んでゆっくりと身体の上から退(ど)ける。彼女は渋々と立ち上がった。

「二度といきなり抱きついてくるなよ」

「もー。大人ぶっちゃって、ぶーぶー！」

「お前に比べりゃ大人だからな」

旭姫は普段と変わらない。

昨日のいざこざなど、何もなかったかのようだ。

――……まあ、その方が気楽だけど。

ホッとしたように、陽翔は頭を掻く。

「ちょっと待ってね、着替えるから」

旭姫はプレイヤーリングをつけた指でジェスチャーして、インターフェースを表示した。さらに操作すると、猫柄の寝間着はぱっと消え、下着姿になる。

「うおっ！」

陽翔は反射的に顔を逸らした。

一瞬目に入ったのは驚くほど女らしい身体つきで、直視していいものではない。

クライヴが変幻で見せていた旭姫の姿は、もっと貧相だったのに――想像以上に成長してしまったということか。

「お前、昔から言ってんだろ！　何でわざわざ一度脱ぐんだよ！　服装や装備を切り替えるのに脱ぐ必要ないだろ!?」

インターフェースを操作することで装備は一瞬で変更される。ワンフレームすら装備の下にある下着姿や裸を覗かせることはない。

例外は、本人が自らの意思で脱いだ場合だ。

「だって、一回脱がないと気持ち悪いし。服いきなり切り替わるのって何か変な感じしない？」

「だったら誰もいない時に着替えろよ！」

「ここには陽翔しかいないし」

「だからマズいんだよ！」

咲月に見られていたら、精霊をけしかけられるのは間違いない。

着替えが終わると、ようやく陽翔は彼女の方を向いた。

「別にいいのに。減るものじゃないし」

「俺がよくないんだよ………」

「ええ？　なんで？　別にいいよ、ほら」

「ッ――！」

再び旭姫が服を消して、下着姿となる。からかうように、にんまりとした表情を浮かべて。

「あははは。陽翔、真っ赤っかー！」

「だからやめろって言ってんだろ!?　羞恥心を持てっての！」

「しゅーちしん？」

「恥ずかしいと思えってことだよ！」

陽翔が怒鳴ると、旭姫はすぐに服を元に戻して悪戯っぽく笑った。

「とにかく俺の前ではもう脱ぐなよ。いいな？」

「はーい。あれ、そう言えば咲月は？　一緒じゃないの？」

「あいつならあとで来るよ。家の用事で遅れるってさ」

すると、旭姫はいいことを思い付いたかのようにパンと手を叩く。

「それじゃさ。咲月が来るまで――」

▼　▼　▼

「そっちに逃げたぞ！」

「オッケー！」

全長八メートルほどの巨大な木が、根を足のように動かして逃げていく。

木のモンスター――ニュムペーは、背後から弾丸を喰らって倒れた。地面に落ちた木は少し時間が経過すると、フッと何も残さずに消えていく。

「うーん。樹液、なかなか出ないねぇ」

「一応レアドロップだからな。ドロップ率が変わってる可能性もあるけど」

陽翔は旭姫に付き添い、街から出て人気のない森の中をうろついている。

葉の隙間から柔らかな日が差し込み、傍にある湖をキラキラと照らしている。ゲーム世界ということを忘れるほど心癒やされる光景だが、ここは多くのモンスターが徘徊するフィールドである。

旭姫がこの周辺に出現するニュムペーを倒しに行きたいと言ったのだ。

目的は〈魔樹の樹液〉。

ニュムペーしか落とさない稀少なアイテムで、街の取引で得るには相応のお金がかかる。

「というか〈魔樹の樹液〉なんか、何に使うんだよ」

「え？　忘れちゃったの？」

旭姫が目を瞬かせる。

「……何をだよ」

「じゃあ、いっか。秘密の方が面白そうだしっ。手に入れば、すぐにわかるからね」

また大切な何かを忘れているのではないかと不安になる。

旭姫はただただ楽しそうに、周囲を闊歩する生ける大木へ銃を撃ちまくっていた。

「あと三十分で咲月が来るってよ」

届いたメッセージを旭姫に伝えると、彼女は「急がなきゃ！」と言って、モンスターの討伐ペースを上げた。

しかし、その分ターゲッティングされる数も多くなる。

「旭姫ー！　横から来てるぞー！」

ニュムペーが、しなる枝を使って旭姫の身体を捕らえにかかった。

「へーきへーき――うひゃあっ!!」

勢いよく持ち上げられる。上空高くから叩きつけるつもりなのだろう。木型モンスターによくある攻撃パターンだ。

「まったく、油断するから……！」

陽翔は剣を構えた。闘気を足に集中させ、跳躍。

「あっ、ダメ、陽翔！」

「えっ……？」

すでに振りかぶっていた陽翔は止まれない。

空中で一閃。

枝を切断し、囚われていた旭姫を解放する。

しかし、

「空から狙撃するつもりだったのにぃ！」

元々、わざと捕まったのだ。

上昇時に切断されたせいか、勢い余って旭姫は投げ出される形になった。

湖の方へ綺麗な放物線を描き、バッシャーン！　とけたたましい音を立てて着水。派手な水柱が上がる。

「あーあー……」

沈んでしまった旭姫は、すぐに湖面へと浮上し、

「もーっ！　そこから逃げないでよーっ！」

綺麗なフォームで岸まで泳ぎ、陸に上がって間を置かずに三発銃弾を放つ。すべて命中し、すべてのニュムペーを倒しきった。

周囲からモンスターの気配が消える。

「お。ひとつドロップしたな」

旭姫が倒した一体と同じ場所に〈魔樹の樹液〉が転がっていた。手頃な石ころ程度の大きさで、鈍く銅色に光っている。

アイテムを注視するとウィンドウが浮かび、『ニュムペーの分泌する金属質の樹液』と情報テキストが表示される。

「うーん、ひとつかー。もうふたつほしかったんだけどなー」

大量に水を滴らせているのか、ピチャピチャと音をさせながら旭姫が戻ってくる。

「欲張りすぎだ。ドロップ率から考えれば運がいい方だ、ろ……」

振り向いて、陽翔が絶句する。

一糸まとわぬ裸身。

一瞬で網膜に焼き付いた。

「もう。水に濡れるのって気持ち悪いよねー」

水が髪の毛から肩を伝い、胸を通って、へその横を経由し、下半身へと――。

「あ、あ、あほか――――っ！　脱ぐなって言っただろ！

しかも、なんでインナーまで脱ぐんだよ！　ここなら五分もすれば乾くだろ！」

速攻で目を逸らし、動揺を誤摩化すように叫ぶ。頬が火照り、心臓が早鐘を打つ。

「えー。だって濡れた服なんて着たくないよー。陽翔はお風呂で見慣れてるでしょ？」

「だから、昔の話を引き合いに出すのはやめろっての！　誰かに見られたらどうすんだよ!?」

とはいえ、人通りの多くない場所だ。

そうそう他のプレイヤーとは遭遇しないはず――。

「〈魔樹の樹液〉、二十個ぐらい取ってこいって言われてもよぉ」「いっぱいないと武器作れないしな」「もっといい金属狙った方がよくね？」「でも、あれで作ったアクセとか、変幻のセンスに補正かかるし……」

微かに声が聞こえてくる。

よりによって男だけの声が。

……間が悪すぎる。なぜこのタイミングで来やがったのか。呪ってやりたくなる。

しかも、声は徐々に近づいてきていた。

「人が来てるぞ！　服着ろ！」

「え～。大丈夫だよ、こっちに来ないって」

旭姫は「にはは」と笑うばかりで、未だに服を着ようとしない。

あるいは少しぐらい見られてもいいと思っているのか。

昔から開放的だったものだから、本気で焦ってくる。

手持ちのアイテムを探るも、覆うための布も板もない。

「ああもう！　ちくしょう！」

「ひゃうっ、は、陽翔？」

陽翔は目を瞑って旭姫に抱きついた。自分の身体で旭姫をすべて隠すように。

旭姫が驚きの声をあげるが、抵抗することなく黙って身を委ねている。

そして、彼らの足音と話し声が近くで止まった。背中に冷たい視線を感じる。

「……くそ、こんな時間からカップルがいちゃついてやがる」「これだからリア充プレイヤーは……リアルでやってろっての」「あーあー、白けんなー、ったく。場所変えて狩ろうぜ」

聞こえるように冷やかしと嫉妬混じりの言葉を吐いて、彼らはすぐに立ち去った。

危なかった……。

「……陽翔。ちょ、ちょっと苦しいかも……」

「あ。わ、悪い！」

ひと息吐いたのも束の間、陽翔は慌てて身体を離す。

すぐに旭姫の身体から視線を逸らした。

「た、頼むから、気持ち悪くても服は着てくれ」

「う、うん……」

渋々というよりは、戸惑ったような返事だった。

「き、着たよ」

「見られなくてホッとしたけど、お前はもう少し——」

説教をしようとして、言葉に詰まる。

旭姫が頬を染めて、小さく縮こまっていた。

「……熱でもあるのか？」

「ち、違うよー。そ、その……陽翔、すごく力強くなってて……ビックリしちゃった」

「わ、悪い。苦しかったか？　闘気は使ってないから、強く締めてなかったはずだけど」

「そうじゃなくて……。なんて言ったらいいのかな。わかんない……」

照れたように指をもじもじさせている。

旭姫の仕草に、陽翔も途端に恥ずかしくなってきた。顧みれば大胆な真似だった。自分で抱き付くなと言っておいて、これでは示しがつかない。

「……戻ろうぜ。傍にニュムペーもいないし、咲月もそろそろ来るだろうからな」

「う、うん」

いつになく素直な旭姫に、調子が狂ってしまう。

それからもしばらく、身体に旭姫の柔らかい感触が残っていた。

▼　▼　▼

アルトガーデンに戻ると、陽翔と旭姫は街外れの鍛冶屋へと向かう。

薄暗い路地を歩きながら、旭姫はぶすっとしている。

「なんで大通り行かないの？　あっちの方が広いし、歩いてて気持ちいいよ」

「昨日みたいに襲われたらどうするんだよ。ただでさえ、お前の顔と名前は知れ渡ってるんだぞ」

旭姫と一緒にいることで、陽翔もまたチラチラと視線を浴びていた。殺気こそないが、確実に注目されている。

「変なの。襲われたら返り討ちにすればいいだけなのに」

「あのなぁ……。昨日、見ただろ？　俺はもう強くないの。センスもねーの」

「絶対ウソ。陽翔からセンスがなくなるなんてあり得ないし」

「六年の月日ってのは、才能を奪っていくんだよ。昔みたいにぽんぽん新スキル生み出して無双できるような上級者じゃないんだって」

「えぇー。襲ってきたふたり組の固有技を真似て、『こっちの方が面白くね？』って合成までさせてた陽翔だよ？　才能がなくなったなんておかしいよー」

「成長する分、失うものもあるってことだ。大人になるってのはそういうことだろ……たぶん」

なおも不満そうに旭姫は口を尖(とが)らせる。

「……とにかく、もう昔とは違うんだ。このまま脇道(わきみち)行くぞ」

「むー」

ふたりはさらに裏通りに入って、建物の影に覆われた道を歩く。

拗(す)ね気味だった旭姫は、少しするとスキップをするくらい上機嫌になっていた。今泣いた烏(からす)がもう笑うではないが、彼女はあまりマイナスの感情を引きずらない。

「〜〜♪　〜〜♪」

鼻歌まで歌って、悩みなど何もなさそうだ。

そんな旭姫を見ていて、つい。

頭の片隅をよぎった疑問が、口をついた。

「なあ、旭姫」

「なーに？　陽翔」

「……………家族のことは、覚えてるのか？」

「え……」

六年経(た)っていると言われ、死んだと言われ、アイデンティティである〈未来視(プロフエアータ)〉まで使えなくなって……心の拠(よ)り所であるはずの〝スバル〟までなくなった。

けれど、それらはゲームの中の話だ。

当たり前だが、彼女には現実の生活があった。陽翔も何度も会ったことがある、優しい両親がいた。

旭姫の葬式の日、棺桶にすがって泣き崩れたおばさんの姿が、いまも脳裏に焼き付いている。

「家族に、会いたいとか思わないのか……？」

旭姫はキョトンとして目を瞬かせた。

意外な質問だったのか、すぐに返答をしてこない。

やがて、少し困ったような笑みを浮かべ、

「……会いたいよ。会わなきゃ。だって、このままログアウトできなかったら、会うことができないんだよ？」

「でも、お前は……」

「また……死んでるって言うの？」

「………」

「……六年経ってるっていうのは実感できたよ。陽翔の力強さとか、咲月の言葉遣いとか、あのレオーノヴィチが老けてたこととか。変だなぁとは思ったけど」

「なら、お前はなんで今になって出てきたんだよ。六年間、何をしてきたのかとか、どこにいたのかとか、本当に何も覚えてないのか……？」

仮に旭姫が幽霊なり、ＮＰＣだとして、なぜ彼女は出てきたのか。

旭姫は、陽翔がログインした時を見計らったかのように現れている。思えば、キャンペーンクエストのダンジョン、しかも宝箱の中にいたことも不可解だし、異常だ。

陽翔が原因か、あるいは何か伝えたいことがあるのか。

しかし、旭姫は力なく首を振る。

「本当にわからないんだよ……。あたしはついこないだまでは、本当に陽翔たちと一緒に遊んでて……いきなり世界が変わっちゃった。宝箱の中にいた理由も全然わからなくて……。絵本で読んだ浦島太郎も、こんな気持ちだったのかなぁ？」

にへへ、とどこか寂しそうに旭姫は笑う。

その手は微かに震えていた。

「ログアウトできないからどうしようもないけど、なんでログアウトできないんだろう。あたし、運営に嫌われてるのかな……？」

「……なんでだよ。心当たりでもあるのか？」

「何も、ないけど……。でも、運営がバグを直してくれないから、あたしはログアウトできないんじゃないの？」

未だに旭姫は自分が死んだことを認めていない。

自分が生きていて、ログアウトできないことをシステムのバグだと思っている。

「でも、いつか直ってログアウトできるはずだからっ。今が頑張りどきだよね！」

旭姫の気丈な声が、心に突き刺さった。

「無理に、笑うなよ」

「……え？」

「俺の前では……無理しなくていい」

作り笑顔があまりにも痛々しい。

あまりに思慮を欠いた質問を口にしたと、陽翔は後悔の念に駆られる。

悩んでないわけがない。辛くないわけがない。

ただ彼女は、生来の明るさでそれを隠しているだけなのだ。

「お前のことは、俺がどうにかしてやるから。時間はかかるかもしれないけど、絶対に」

「陽翔……」

「だから、もう……我慢するな。本音をぶちまけていいんだ」

「……ぐすっ」

旭姫の表情がくしゃりと歪む。雪解けのように、込み上げてきた涙がボロボロと零れる。

旭姫は頭を陽翔の胸に埋めた。

「早く出たいよ……陽翔。家に帰って、お母さんやお父さんに会いたい。学校の皆と会いたい……」

彼女は不安を押し隠し、必死に空元気という壁で覆っていたのに。

陽翔はズケズケと彼女の心に土足で入ってしまった。

聞くにしても、もう少し言い方はあったはずだ。

かける言葉が見つからず、頭を優しく撫(な)でることぐらいしかできなかった。

――どれくらいそうしていただろうか。徐々に、旭姫の嗚咽(おえつ)がおさまってくる。

「くすぐったい……」

「嫌(いや)か？」

「ううん。もっと」

甘えるように、旭姫がぽつりと囁(ささや)く。

「陽翔は、ずっとあたしの傍(そば)にいなきゃダメだからね」

「ああ。お前の問題を何とかするまでは、ずっと付き合うさ」

「……ぶー。なんかそういうことじゃないんだけど、でも陽翔らしいからいっか」

旭姫の涙はすっかり止まっていた。嬉(うれ)しそうに陽翔の腕に抱きついてくる。

昔と同じ感触に、陽翔は懐かしい気分になった。

「振り解(ほど)かないの？」

不思議そうに旭姫が問う。

子供の頃は抱き付いてきたら、「暑苦しい」と振り解いていたし、今日起こした時も振り解いたのだから、そう思うのも無理はない。

陽翔は照れくさそうに頭を掻く。

「昔と同じじゃねーんだって。たまにはいいさ」

「えへへっ。陽翔、あったかーい」

「……密着しすぎだ」

▼　▼　▼

目的地の鍛冶屋に到着すると、旭姫は先頭をきって店内へと入った。

「……いらっしゃい」

見るからに偏屈そうな店員が応対する。NPCではなく、街に出店しているプレイヤーだ。

街の中心地でなく隅の店だけあって、儲かっていなさそうで不安になる。

この世界では戦闘以外にセンスを活用している者も多い。大体は夢境や変幻の使い手だが、造形美に関してはやはり個人のセンスがものを言う。

旭姫がなぜ鍛冶屋に来たのかわからない。目的すらまだ教えてもらっていないのだ。

「陽翔、〈魔樹の樹液〉、出して」

「ほらよ」

旭姫は受け取ったアイテムをカウンターに置く。

「おじさん。これでアクセサリーのリング作ってください」

「おじさんじゃない。お兄さんと呼んでくれ。まだそんな年いってないんだから……。それで、どんなリングを作ればいいんだ？」

「こういうの！」

旭姫は羊皮紙を差し出した。そこにはリングの絵と、細かい仕様が書いてある。

店員はそれを受け取り一通り目を通すと、渋い顔になる。

「悪いがここまでの効能は出せないな。形状だけなら羊皮紙に描かれてるように作れるけど」

「えー。うーん……。じゃあ、形状だけでいいかなー。どのぐらいでできる？」

「ならすぐできる。必要な素材や工具は揃ってるからな。効能が出ない分、まけてやる。少し待っててくれ」

店員が作業台に向かい、何もないところから工具を生み出した。どうやら夢境のセンスを持ったプレイヤーらしい。

〈魔樹の樹液〉を作業台に置くと、店員は各種工具を意のままに操る。金属音が何回か響くと、すぐに作業は終わった。

「できたぞ。受け取ってくれ」

「ありがと、おじさん！」

「おい……」

言っても無駄だと悟ったのか、店員は諦めたように溜息を吐く。

「見て見て。陽翔」

できあがったのは、円環部分に星の刻まれたリングだ。

「これは……」

「あたしたちのパーティリング！　気がついたら私のもなくなってたんだけどね。復活させるんだから、またつけておきたいなって」

以前と違い、特に何か効能があるわけでもない普通の装飾品。

ただ、形や模様だけは間違いなく〝スバル〟のパーティリングだ。

現実で指輪を取り戻し、ここでも見るとは思ってもみなかった。

何となく見ているだけで郷愁にかられる。

「はい、陽翔」

旭姫は手渡そうとしたが、陽翔は摑まれる前に手を引っ込めた。

「もう、なんで逃げるの。まず陽翔がつけなきゃだよ」

「別にいいよ。お前がつけろ」

「でも……」

「いいから。俺のはあとで作ればいい」

簡単には受け取れない。

〝スバル〟だった証を、今身につけるのは居心地が悪かった。

「うーん……」

なおも煮え切らない旭姫を見て、陽翔がリングをひったくる。

旭姫の左手を取って、特に吟味することもなく薬指に嵌めた。

「あ……」

「なんだよ。いいからつけとけ」

「わかった。えへへ」

少し頬を染めて、旭姫が笑う。

それを見ていた店員の、ゴホン！　というわざとらしい咳払いが店に響いた。


ふたりが鍛冶屋を後にすると同時にプレイヤーリングが光る。

「咲月からメッセージだ。ログインしたって」

「じゃ、迎えに行こう」

街の中央にある噴水に向かった。

噴水の近くに次々とプレイヤーが現れる中、所在なさそうに咲月が立っている。

「お待たせ、咲月」

「……ふたりで、どこ行ってたの」

嬉しそうな顔の旭姫を見て、咲月は怪訝そうに少し眉根を寄せる。ふたりで、が特に強調されていた。

「ちょっと旭姫の希望で鍛冶屋までな」

「ほら！　〝スバル〟のパーティリング、作ってみたんだ。まだ一個だけど」

旭姫が笑みを浮かべて指に嵌められたリングを見せる。

「へぇ、懐かしいわね。形も模様もしっかり再現できてるし」

「えへへー。昨日、アジトで設計図書いた羊皮紙見つけたんだ。それを渡して作ってもらったの」

「ああ、なるほど。いい鍛冶屋を見つけたのね。……って、あ」

懐かしむように見ていた咲月だったが、ふと何かに気付いたように顔を引き攣らせた。

「……旭姫、これ、自分で嵌めたの？」

「ううん。陽翔が嵌めてくれたの」

咲月がじーっと睨んでくる。

「な、なんだよ」

「意味わかってる？」

「質問の意味がわからん」

返答を聞いて、咲月は深々と溜息を吐いた。

「信じられない……左手の薬指よ？　天然たらしの気があるとは思ってたけど、ここまでひどいなんて……。まさか、この六年でより悪化してるんじゃ……？」

「何をブツブツ言ってるんだ」

「何でもあ・り・ま・せ・ん」

明らかに不機嫌そうだが、陽翔にはどういうことかわからない。

咲月はふん！　と陽翔から顔を逸らし、ずかずかと旭姫に詰め寄った。

「旭姫。羊皮紙、貸して」

「えっ。あ、うん。いいよ」

「ちょっとここで待ってて。十分ぐらいで戻ってくるから。――奔れ、アクゼリュス。翠の暴走！」

言うが早いか、咲月は手慣れた様子で精霊を顕現させて街の上空へと消えていった。

「咲月、どうしたんだろ？」

「さあ……」

言われた通り、待つこと十分。

空から戻ってきた咲月が目の前にスタッと着地する。

「私も作ってきたわよ。〈魔樹の樹液〉だったら、一個持ってたからね」

差し出された彼女の手のひらには、〝スバル〟のパーティリングがあった。旭姫のものと全く同じ形で、円環にはしっかりと星が刻まれている。

「お前も作ってきたのかよ。何、対抗心出してんだ」

「う、うるさいわね。別にいいでしょ。そういう気分だったのよ」

リングを見て旭姫の表情が綻んだ。

「いいねいいね。〝スバル〟復活にまた一歩近づいたよ。ほら、咲月。早くつけてつけて」

「……わかってるわよ」

咲月はリングを指に嵌めようとして——なぜか止まる。

口を真一文字に引き結び、ちらりと陽翔を見る。

「なんだ？　どうかしたか」

「な、なんでもないわよっ」

頬を染めて首を振る。明らかに動揺しているが……。それから諦めたように盛大な溜息を吐くと、咲月は渋々といった様子でリングを左手の中指へと嵌めた。

「……なんで言えないんだろ」

「何を？」

「陽翔には関係ないっ！」

咲月は話しかけるなオーラを纏って陽翔を睨むが、

「あはっ。やった。これでふたつ目だね」

旭姫に嬉しそうに言われて、毒気を抜かれたように小さく首を振った。

「……で、陽翔。今日はどうするつもりなの？　何か当てでもあるわけ？」

咲月に促され、陽翔は今か今かと待ち構えている旭姫を見る。

「色々と考えたんだが……俺たちがクエストに失敗したダンジョンへ行かないか？　旭姫にとってはついこないだなんだろうけど……何か思い出すかもしれないだろ？」

「本気？　あんな場所に……」

咲月は不愉快そうに眉間に皺を寄せる。

あのダンジョンは、〝スバル〟にとってトラウマに等しい。大事な人を失い、パーティが離ればなれになるきっかけとなった場所だ。彼女の反応は当然とも言える。陽翔とて行かないで済むなら行きたくはない。

しかし、エリシアと名乗った少女の言葉が、抜けないトゲのように引っかかっていた。

『彼女は思い出さなければならない。そして、君たちも。君たちの進むべき道は、塞がったままだ。障害を取り除かなければ進むこともできないだろう。だから向き合いたまえ。——君の、過去に』

今まで思い出すのを避けてきた、過去。

唯一の敗北。

旭姫のゲームオーバー。

仲間との永遠の別れ。

――すべての悲しみの記憶が、あの地に集約されている。

「何かヒントがあるとすれば、あそこしかない。俺たちはどうして旭姫が出てきたのか知らない。もし、幽霊なら心残りがあるのかもしれないし、ＮＰＣなら連れていくべき場所があるのかもしれない」

「……かもしれないばっかりね」

「しょうがねーだろ。何もわからないんだから」

咲月は呆れた目線を向けてくる。ただ、行く価値はあると考えたのか躊躇いがちに頷いた。

「いいわ。情報もないし、他に優先するべき場所があるわけでもないしね」

「行くだけならタダだ。ボスと戦う必要もないしな。気楽に行こうぜ」

ふたりが言うと、旭姫は昔のように両手を握って勇ましく気合いを入れた。

「うん、行く行く！　いざ、リベンジだね！」

「リベンジじゃねーよ！　俺たちだけで倒せるわけないだろうが。お前が忘れてるかもしれない記憶を取り戻しに行くだけだ」

「そっかー。でもホント、陽翔は優しいね。昨日、あんなこと言っても、ちゃんとあたしのこと考えてくれてる」

昨日の陽翔の発言を忘れていたわけではないらしい。

「そういう陽翔のなんだかんだで優しいとこ、やっぱり頼りになるなー」

「い、いや……だから抱きつくなって！」

「さっきは許してくれたのにー」

抱き付いてきた腕を振り解くと、旭姫が口を尖らせる。

同時に咲月が冷たく睨んできた。

「……さっき？」

「いやいやいやいやいやいやいやいや、気にするところじゃねぇよ」

咄嗟に誤魔化すも、咲月の視線は寒々しいままだ。

「ふたりとも、何やってるのー。早く行こうよー」

微妙な空気を吹き飛ばすように、旭姫が咲月と陽翔の手を引っ張った。

「ねえねえ。クライヴと希は？　〝スバル〟はなくなったって言うけど、皆この中にいるんじゃないの？　貴法も、陽翔に謝ってくれるんだったら誘ってさ。前みたいに皆で行こうよ」

無邪気な発言だったが、自然と苦い顔になってしまう。咲月も同様だ。

旭姫の中では、幼なじみたちはまだ仲がいいままなのだろう。

咲月が一瞬だけ陽翔を見てから、言いにくそうに口を開く。

「……この六年の間に何があったのか、行きながら簡単に話すわ。でも、先に断っておくとクライヴも希も……もうどこにいるかわからないの。《リユニオン》に入ってきてるかどうかもわからない。だから、連れていくのは無理なのよ」

「え、どこにいるかわからないって……どうして？　皆、いつも一緒だったのに」

「希はもう転校しちゃってるし、クライヴとは……連絡も取ってなかったから」

途端、旭姫の表情が陰る。

「じゃあ。もう、皆……ここにいないの？」

「たぶんね。貴法の話はよく聞いてたけど、ふたりの話はまったく聞かないもの」

咲月が一拍おいて頷くと、

「六年……かぁ」

旭姫は一言、流れた時間に思いを馳せるように呟いた。


街の中心部には、幾つものオフィシャル施設がある。

武器屋、道具屋、教会、宿屋等々、初心者にも扱いやすいように最低限の施設が揃っていた。品揃えもスタンダードなものとなっている。それに物足りなくなった頃になると、周囲の露店や、店を出しているプレイヤーの下へ行って自分に合う装備や施設を自然と探すようになるのだ。

三人が入った店もそのひとつ。石造りの家屋には、店員の立つカウンターと、奥の部屋へと続く鉄の扉があった。壁は棚で占められており、ガラス瓶やよくわからない彫刻が置かれている。

「転送屋のシステムも変わってないな」

触れたことのある転送魔法陣まで飛ばす店だ。どれだけ遠くても、一瞬で移動することができる。

「六つの大陸の首都には最初から飛べるのも変わらないわよ。行ける場所はリセットされてるけど」

「咲月。お前、プライベートの転送魔法陣とか設置した？」

「あれの相場が何ユロか忘れた？　今の私はそこまで活発にログインしてるわけじゃないし、個人じゃ無理よ。高級なギルドハウス建てるのと同じぐらいするんだし。旧世界に比べると金策はちょっとキツくなった感じもするしね。売買価格が全体的に高くなっちゃってるし。自由に設置できるプライベートの陣は、《リユニオン》でもなかなか見ないわね」

咲月が説明すると、旭姫が首を傾げた。

「そう言えば、あたしたちのアジトにあった転送魔法陣が消えてたね」

「昔はアジトどころか、世界各地に張ってたわよ」

「そうなの？」

「旭姫が気にしなさすぎなのよ。あれはオフィシャルの陣じゃなくて、プライベートの陣よ」

「じゃあ、それ使えば……」

「残念だけど、旧世界の転送魔法陣は一掃されてるから。私たちが使える転送魔法陣はもう存在しないの」

「むー……、また六年の溝(みぞ)……」

旭姫(あさひ)は目を細めて、唇を尖(とが)らせた。

咲月(さつき)は行ける場所のリストとマップをにらめっこして、クエストのダンジョンに近い場所を指し示す。

「この村でいいでしょう。ここからなら十分も走ればいけるわ」

「走るのかよ、面倒だな」

「仕方ないでしょ。じゃあ、魔力を消耗するけど、空飛んでいく?」

「冗談。もう空を行くのはできる限り勘弁願いたいね。俺としては」

「昔は飛ぼう飛ぼう、うるさかったのに……」

「どう考えても、上空十メートルとか怖えわ。ともかく、さっさと行こうぜ」

陽翔(はると)たちは三人分の転送料金を支払い、店員に促(うなが)されて鉄扉(てっぴ)を開けて中へと入る。そこには円形の魔法陣がひとつだけ、ぼんやりと紫色に光っていた。解読不能な文字と紋章が組み合わされた陣の中心に、三人で身を寄せ合う。

つま先から頭を羽毛で撫(な)でられるような感覚と共に、視界が一瞬で変わった。

同じ石造りの建物内。しかし、魔法陣の間(ま)から出ると店員やプレイヤーが変わっており、服装も寒い地域だからか先程の街に比べて厚着となっていた。

「さー、はりきって行こー」

率先して行きたがる旭姫を、咲月が肩を摑んで引き留める。

「もー、咲月、どーしたの」

「今更だけど、銃の弾は充分あるの？」

「うん、結構あるよ。なんで？」

「ちょっと見せて」

旭姫が袋から弾丸を取り出すと、咲月は途端に渋い顔になった。

「全部コモンじゃないの。これでいいの？」

「あ、忘れてた！　色々入れて！　爆発する弾と、氷漬けにする弾と、切断する弾と、それからそれから……」

「はいはい。一度に言わなくてもいいわよ」

銃の弾には、様々な力を込めることが可能だ。一般の施設でもできるが、魔導や闘気の使い手が力を込める方が、威力が高いし様々な効果を得られる。

咲月は精霊を何体も呼び出して、弾に魔力を込めていった。弾の外殻が次々に変色していく。

「赤は炎、薄水色は氷ね。それは覚えてるでしょ？　爆発させるなら、赤と緑の弾をぶつければいいわ」

「ありがと、咲月！　ねえ、陽翔も闘気込めてよ！　弾丸の威力が強化されるし」

幾つかの弾丸を差し出されるが、陽翔は首を振った。

「今の俺の闘気じゃ物の役に立たねぇよ。強化されるかどうか怪しいもんだ」

「いいから入れてよー。デメリットがあるわけでもないんだし」

確かに入れるだけなら、不利益になることもない。

「……知らねーぞ。期待するなよ」

陽翔は仕方なさそうに弾丸を受け取って、一発ずつ闘気を込めていった。


装備や所持品を再確認して、三人は村を出る。

数分ほど街道沿いに走って、途中から横道へ逸れると険しい山岳地帯に入った。

草や枝を掻き分けながら獣道を進むと、少しずつ山頂へ近づいているのがわかる。

「そろそろだな」

傾斜を上りきると、三人の視界に白い建造物が見えてくる。

打ち棄てられた遺跡。純白に近い建材は、未だ高く昇っている太陽の光を、眩しいぐらいに反射していた。

上物は六割方破壊されており、元は城か砦か、はたまた祭場か、想像するほかない。

屋根もすでになく、壁は壊れ、幾つもの太い石の柱はほとんど半ばで折れており、無傷な部分は少なかった。

「中に行こう」

「はーい」

陽翔が進もうとしたが、咲月（さつき）がついてこない。

彼女は遺跡の入り口付近をずっと見つめていた。そこに何かを見出（みい）だしているかのように。

「咲月。どうかしたのか？」

「……ちょっと昔のことをね。何でもないわ。気にしないで」

すぐに取り繕（つくろ）って誤魔化（ごまか）した。

「……まあ、いいけどな。入るぞ」

三人は入り口から中へと入り、崩壊した柱や床を避けながら中心部へと進んだ。

遺跡の中央付近に不自然な四角い溝（みぞ）。そこのハッチを開けると、下に向かって階段が延びていた。壁には古い燭台が取り付けられており、炎がぼんやりとした光を放っているが、奥は暗がりになって先が見えない。

「ここも昔のままか」

狭い入り口に身体（からだ）を入れて陽翔は地下へと向かう。咲月と旭姫（あさひ）も陽翔の背中を目印に追いかけた。

「最近、開けられた形跡もなかったわ。本当に人気のないダンジョンなのね。昔はまだ挑戦者がいたから人の流れがあったし、ぽつぽつと露天商がいたけど」

「当時から出てくる入手アイテムにメリットはなかったからな。皆、ここのボスを倒すって目的以外では、来なかっただろうし。ボスもいなくなってるのかもな」

プレイヤーが多くいるフィールドやダンジョンというのは、メリットが多いということだ。たとえば経験値であったり、センス向上であったり、レアドロップであったり、自分が強くなるために必要な要素がある。

ここにはそれがないのだ。その上、周辺のモンスターは強いため、中級者や初心者が長く籠るには不向きな場所だ。

メリットがなくなれば、こうして寂れたダンジョンのできあがりだ。

「ルート覚えてる？」

先頭を行く陽翔の背中越しに、咲月が尋ねた。

「いや、正直自信ないな」

「じゃあ、先頭交代。陽翔は後ろを闘気で警戒しておいて。挟み撃ちされると面倒だからね。旭姫は真ん中でどっちにも銃で援護できるように」

咲月が先頭に出て、旭姫は真ん中、陽翔が一番後ろに下がった。

センス適性で言うと、陽翔が先頭で咲月が後ろにいるべきだが、今の咲月ほどの実力があれば前衛後衛という役割は意味をなさない。特に〝スバル〟では隊列などあってないようなものだった。

であるならば、道を覚えている者を先頭に立たせる方が効率的だ。

「階段終わるわよ。気をつけて」

降り立った通路をさらに奥へ進む。

ここからは、敵との遭遇なしにはいかない。

「咲月、来るぞ。前から獣タイプのモンスターが三体。多足型の虫が二体だ」

身に纏わせた闘気で、陽翔は気配を感じ取った。

闘気の感覚が教えてくれる。慣れないと判別は難しいが、幼い時に培った感覚は未だに覚えていた。

「わかったわ。私だけで大丈夫だと思うけど、ふたりは一応動けるように準備はしておいて。

──浚いて放て、バチカル、並びにエーイーリー。蒼焔の轟覇」

赤い炎の精霊と水色の氷の精霊が召喚され、咲月の前方へ翔る。

『ギャアッ』『ギアッ』『グギギギッ！』

闇にモンスターの姿が浮かび上がったと同時に、精霊の炎と氷に一蹴された。

狼が氷で串刺しにされ、蜘蛛が炎で炙られる。

モンスターがどう来ようと関係ない。通路を覆う包囲攻撃をされては回避のしようもなかった。

「咲月ー、素材剥いでおく？」

「先立つものは必要だしね。今後のためにも一応取っといて」

「じゃあ、あたしは狼の素材で、陽翔は蜘蛛を剥いでね」

「……旭姫。お前、蜘蛛に触りたくないだけだろ」

「そ、そんなことないもーん」

旭姫はそそくさと狼の方へ行ってしまう。

蜘蛛は見た目が多少デフォルメされているが、感触がよろしくないため、触るのを忌避するプレイヤーもいる。細かい不気味な毛とぶにょっとした蜘蛛の身体は、そっと突つくだけでも気味が悪かった。生理的嫌悪感をもよおすのも理解できる。

とはいえ、蜘蛛や狼は身を剥がなければ、アイテムを入手できない。その上、適当にざっくりとナイフで切ったら、中にあるアイテムまで傷つけてしまう。下手に剥ぎ取った結果、アイテムが消えて涙したというプレイヤーは数多い。剥ぎ取りは繊細さが求められるのだ。

「こういうの、クライヴと貴法に任せっきりだったな。クライブはナイフ捌き上手かったし、貴法もモンスターの構造に詳しかったし。希は……結局、剥ぎ取り一回もしなかったな」

「あはは。希は怖がりさんだからね。でも花とか果実の収集が上手いから」

六人じゃないとダンジョン探索すら段取りが変わるということに、今更ながら気付く。

無事に剥ぎ取りも終了し、再び咲月を先頭にして進んだ。

点在しているモンスターは、旭姫の銃と、咲月の精霊によって軒並み蹴散らされている。陽翔は何もすることがなかった。

「――払え、バチカル。赤き覇道」

通路をすべて埋め尽くす炎が巻き起こり、陽翔が察知したモンスターを端から焼き滅ぼしていく。

大人になるとセンスが衰える……などという言葉(ジンクス)が信じられなくなるほど、咲月の魔導は冴(さ)えていた。旭姫も〈未来視(プロフェアータ)〉を使えないとはいえ、放つ弾丸は一発も急所を外さない。

陽翔は彼女たちが倒したモンスターの剝ぎ取りをしているだけだ。楽と言えば楽だが、ただ付いてきているだけのようで居心地(いごこち)はよくない。

だが、〝スバル〟だった時と違い、今の陽翔に役立てることは、他に見つからなかった。

「そろそろ終点ね」

階層を十数えるほど下りただろうか。

内部に入って一時間、ようやく最奥の間へと辿(たど)り着く。

扉もなく、大広間に直接繋(つな)がっていた。

「……本当に昔と同じね」

室内に入った咲月が感慨深そうに呟(つぶや)く。

「……」

陽翔は黙って、周囲を見回した。

あの日以来、ここの時間は止まっているのか。

五十平米ぐらいの広さ。ぼんやりと光る床。ボロボロに崩れ落ちた壁。周囲すべてに紋様が刻まれており、何かしらの文明があったことを匂わせる演出がなされているが、ところどころかすれて見えなくなっていた。

戦闘で壊れた天井も変わっていない。

そして——部屋の中央。

そこに封印の台座があるのも、あの日と同じ。

台形の台座に、三角錐。その上に刺さるようにソフトボールほどの大きさの玉がある。

宝玉は、禍々しい闇を不気味に放ち続けていた。

——鮮烈に思い浮かぶ。

ヤツが、旭姫を無慈悲に殺した瞬間を。

「っ……」

当時のことを思い出して、一瞬吐き気を催した。

この場にいるだけで、気持ち悪くなってくる。

「旭姫。一応、言っておくけど、今回は戦いに来たわけじゃないんだから、あれに触れたらダメよ」

「わかってるよ、咲月。戦うなら皆で戦わないとね！」

咲月の注意に、旭姫は若干不満そうではあったが、分別はついているようだった。当時の仲間がいれば、今にも触りに行きそうではあるが。

「で、旭姫。ここまで来たけど、何か思い出したか？」

気分の悪さを堪えて陽翔が尋ねると、

「えーっ？　そんなこと言われても」

旭姫は困ったように首を傾げた。

何かを思い出したようにも見えない。あどけない顔つきで、うんうん唸っている。

——無駄骨だったか。

特に何の成果も得られなかったことに、陽翔は小さく落胆の息をつく。

「仕方ない。何も思い出さないんだったら、一旦出よう。こんなところに長居する必要もないしな」

「そうね」

陽翔と咲月が撤退を決めたものの、

「………」

旭姫は無言。

口を真一文字に結び、一点を睨み据えている。

「……旭姫？」

「――そこに、誰かいる」

彼女が緊張した面持ちで呟く。

だが、視線の先には自分たちが入ってきた出入り口があるだけだ。

「どうしたんだよ、誰も――」

陽翔が訝ると、

『――時は来た』


小さな爆発音が響き、遺跡が揺れる。

出入り口の上、天井が砕け、幾つもの岩が崩落する。反応する間もなく、通路までの道が完全に塞がれてしまった。

「なっ――ど、どういうこと!?」

「誰かいた！　そいつが破壊したの！」

「馬鹿言うな！　誰もいなかったぞ？」

あり得ない。

パーティ以外のプレイヤーと落ち合うことができるのは、一部の広間だけだ。通路では鉢合わせないし、ボスのいる場所でも基本的に出会うことはできない。

「あれっ、今度はこっち？」

旭姫は追尾するように、振り返った。陽翔も彼女の視線を追う。

その先――封印の宝玉の前にひとり、無防備に背中を見せている少女がいた。

「ウソだろ……？」

パーティでないプレイヤーとの遭遇。だが、異常はそれだけではなかった。

――闘気に反応がない。

目の前にプレイヤーが見えるというのに、未だに闘気の感覚には引っかからない。

陽翔のセンスがいかに衰えていると言っても、明らかに異常事態だった。幽霊タイプのモンスターですら存在を捉えることができる闘気が、何の反応も示さない。

つまり、闘気は目の前に誰もいないと判定している。

――エリシア……？

後ろ姿が昨日出会った少女に似ていることも、混乱に拍車をかけた。

「あなたは、誰!?」

旭姫がその背中に向かって強く叫ぶ。

しかし、少女は振り返らない。

返答の代わりに、封印の台座に手を翳す。

「――――」

何事か呟くと、宝玉から溢れる闇が一層濃くなり、瞬く間に広がった。

そして――宝玉は、パキンと乾いた音を立てて割れる。

「あなた何を――！」

咲月が言い切る前に、少女はフッと空気に溶けるように消えてしまった。

宝玉を中心に散った闇は、濃さを増し、台座の上に再び集まりつつある。

黒い粘土で生物を象るかの如く、徐々に形が整えられていく。

「嘘でしょ――」

やがてできあがったのは、歪で巨大な人型。

その外皮がぼろぼろと零れ落ちていく。

最初に、足から。胴、腕と徐々に姿を露わにした。

――まるで魔物の腸で編んだかのような、禍々しい漆黒の鎧。

――かつて〝スバル〟の伝説に終止符を打った、真なる悪夢。

〈無垢なる闇〉が、そこにいた。

第四章　あの日の約束

　忘れもしない、旭姫の死の象徴。

　あらゆる光を吸い込むような黒き甲冑を纏い、背後には無数の剣が浮いている。

　鎧からは抑えきれない闇が、紫煙のように吐き出されていた。

　鉄仮面の隙間から覗く四つの瞳は血のように赤く染まり、見る者すべてに恐怖を植えつける。

　五メートルを優に超える体長は圧倒的な迫力を、手に、足に、肌に、脳に、心に、直に訴えかけてくる。

〈無垢なる闇〉。

　継ぎ目の擦れ合う音を響かせて、一歩ずつ近づいてくる。陽翔たちを見定め、ゆっくりと、ゆっくりと。

　ゲームオーバーという単語が頭を過った。

「ど、どうするの？」

〈無垢なる闇〉を刺激しないよう、咲月が目線を逸らさずに囁く。

「逃げるに決まってるだろ……」

「でも、なんか変じゃない？　前、目って赤くなかったよね？」

旭姫(あさひ)が不思議そうに小首を傾(かし)げた。

「プレッシャーは変わらねぇよ。そもそもあの時は、こっちもやる気満々だったからな」

当時は、六人だからこそ恐れずに戦えた。

しかし、今回はたった三人しかいない。

その上、全盛期には程遠いのだ。

「帰還用アイテムは……」

「無理よ、陽翔(はると)。この部屋から出ないと」

咲月(さつき)が首を振る。

『ガアアアアアアアアアアアアアオオオオオオオオオオオオオオオオオオ!!』

雷鳴の如(ごと)き咆哮(ほうこう)。まるで、逃がさないと宣言するかのように。

音の暴力は、壁を揺らし、天井から破片を降らせた。

「……逃げられないなら、覚悟を決めて戦うしかないわ」

「戦うったって……」

「自分たちのセンスを信じましょう」

「本気かよ？　俺は――」

なおも戦いを拒否しようとする陽翔の背中を旭姫が叩(たた)く。

「大丈夫。戦える！　勝てるよ！」

「〈未来視〉使ったわけでもないのに……死んだらゲームオーバーなんだぞ。俺と咲月はまだしも、もしお前がそうなったら――」

――今度こそ、消える。旭姫という存在が。現実からもゲーム世界からも、永遠に。

その想像に、ぞっとする。

「絶対にならない。陽翔はあの程度のボスに負けたりしないもん！」

根拠のない言葉。この期に及んで、旭姫はまだ陽翔を信じている。陽翔自身が、己をまったく信じていないというのに。

「もう話をしてる時間はないのよ。陽翔はサポートをお願い。一撃も喰らわないようにして立ち回って。少しでもいいから、敵の目を引き付けてくれれば、私が魔導でダメージを与えていくわ」

その提案では、咲月の負担があまりにも大きい。

それでも、この状況下において最も正しい判断だと、頷かざるを得なかった。

『ガアアアアアアアアアアアアアアアアアアアアアアアアアアッ!!』

〈無垢なる闇〉が再び吠える。

獰猛な気配が立ちのぼり、闘気を通じて陽翔の肌におぞましい殺意が伝わってきた。

これはデジタルによる感触――わかっていても、背筋がひりつく。

「来るわっ！」

咲月（さつき）の叫びと同時に散開。

飛びこんできた〈無垢なる闇（ブルガトリオ）〉の拳（こぶし）が地面に突き刺さる。砕かれた床の破片が壁まで吹き飛んだ。

拳がまともに当たれば死亡。砕けた破片に当たっても危険。一撃でこちらをゲームオーバーにする力があった。

「くそ……やるしかないのかよ……！」

三人は〈無垢なる闇〉を囲むよう三角形の陣を取る。

一度にやられないという意味では悪くないが、気休め程度にしかならない。

目の前の敵を見上げる。

この圧倒的な威容を誇る〝黒き悪夢〟と戦うなど正気ではない。昔の自分はどうかしていたとすら思ってしまう。

〈無垢なる闇〉が魔力を放出すると、頭上で剣が蠢（うごめ）いた。あるものは直線的、また別のものは曲線的にと無数の剣がそれぞれ不規則な軌道を描いて陽翔（はると）たちへ殺到する。

「うおっ！」

混沌とした剣舞を、陽翔たちはかろうじて避けた。

避けられた剣は、四方の岩石を容赦なく斬（き）り刻む。

昔も見た攻撃だ。記憶と経験がなかったら、今ので死んでいた。

宙を乱れ飛ぶ剣たちは、陽翔たちを絶えず狙(ねら)っている。

「出し惜しみはなし！　女王の勅令(ちょくれい)よ！　全員、出てきなさい！」

十二色の精霊が、咲月の周囲に一斉に顕現(けんげん)した。

咲月の鞭(むち)が唸(うな)ると慌(あわ)ただしく動き出す。

精霊たちは剣の舞いを回避しながら、〈無垢なる闇〉の真上で円陣を組んだ。

「十二体で、未完成だけどっ！　〈十六砲陣(イザヨイ)〉！」

真円を描く十二体の精霊たち。

彼らの中心に穴が開き、広がっていく。

別世界、あるいは宇宙へと繋(つな)がっているような深い深い無の空間。

ゲートから十二色の流星が次々と飛来する。

精霊たちに囲まれたゲートが、視界を染めるほど眩(まぶ)しく光り輝く。

「さあ来なさい――〈大いなる座に存りし白(シグナス)〉！」

空気を震わせて、ゲートから炎、水、氷、風、土、闇(やみ)、光、木、鋼(はがね)、聖、覇、花――それらのエネルギーが放たれた。

十二種の色彩は混ざり合い、眩(まばゆ)い白光(レーザー)となって〈無垢なる闇〉を飲み込む。

万雷にも似た轟音が響き渡る。

『ガアアアアアッ！』

強烈な一撃に、〈無垢なる闇(ブルガトリオ)〉が身悶(みもだ)えする。

超エネルギーは床まで突き抜け、小石混じりの土煙を盛大に撒(ま)き散らした。

敵を屠(ほふ)る魔導の極致。十体以上の精霊を媒介に外なる世界へのゲートを開き、この世界とは原理・系統の異なる力を制御。電磁波とも重力波とも違う未知の波動を、精霊たちによって輝く超光熱エネルギーに変換する。

通常、魔導の上級者(エキスパート)数人が協力することで成し得る秘術。

十体以上の精霊をひとりで扱える【精霊の女王(イノセンシア)】ならではの固有技(ユニークスキル)だ。

「ふう……」

咲月(さつき)が大きく息を吐く。だが、決して視線を外さない。

「……手応えは？」

「あったけど……倒せた気がしないわ」

部屋の中に充満していた白煙が少しずつ晴れていく。

露(あら)わとなった〈無垢なる闇〉には傷ひとつついていない。モーションが鈍くなった気配もない。

ＨＰを示すバーは多少減ったものの、緑のままだ。

「さすがね。耐性があるせいで魔導が効きにくいのもあるけど……！」

「貴法(たかのり)がいないから、魔力防壁を崩せてないのか」

「本当に……未熟だって自覚させられるわ。耐性だってセンス次第でどうにかできるはずなのに……」

こういう時、天理使いの貴法がいれば耐性を分解して丸裸にできるのだが――今、それは望めない。

正攻法は闘気による物理攻撃。

しかし、レベルも低い上にセンスもない陽翔の攻撃は、大きなダメージを与えることはできない。

『ガアッ！』

〈無垢なる闇〉は咲月を最初に倒すべき脅威と認識したのか、不気味な赤き瞳を彼女に向ける。

「このっ！」

視線から外れた旭姫が距離を取って、続けざまに四発の銃弾を放った。

弾は寸分違わず、鎧の四肢、関節部分に命中。

旭姫が狙ったのは部位破壊。腕を破壊できれば攻撃手段が減るし、脚を破壊すれば動きは目に見えて鈍重となる。

しかし、ほんの僅かほどもＨＰは減らない。

弾に咲月の魔力が籠っていても、数発程度ではどうにもならない。何百何千と重ねなければ、効果はないだろう。

陽翔は剣に闘気を込め、硬度を増した。闘気における基本中の基本。

「はあっ！」

刃が〈無垢なる闇〉の鎧に突き刺さる。だが、やはりＨＰはまったく減らない。

昔であれば斬り裂き、分断すらできた刃は、食い込んで途中で止まっていた。

状況を好転させるどころか、〈無垢なる闇〉の意識を向けることすらできない。

「このっ！　散開なさい！」

咲月は鞭で地を叩き、再び精霊による魔導を発動、それぞれ炎や氷などの攻撃を繰り出す。

鎧の闇を炙り、地面の氷結で脚を捕らえ、小さいながらもダメージを与えた。

だが、あまりにも戦力差がありすぎる。

未だセンスに溢れる咲月がいるとはいえ、〈未来視〉の使えない旭姫と、センスを失った陽翔。

――貴法が敵の耐性を分解できるわけでもない。

――クライヴが敵を引きつけ、行動を縛れるわけでもない。

――希が剣を作ってくれるわけでもない。

〝スバル〟の戦術が、何ひとつ使えない。

「せめて、ふたりが生き残る術だけでも……！」

咲月が前衛で戦う最中、出入り口の岩を退かそうと機会を窺っているが、一片の余裕もない。

精霊たちで牽制しつつ、絶えず襲いかかってくる剣を回避するだけでも命懸けだ。意識をそちらに振り分けることすら許してくれなかった。

『ガアアアアアアアアアアアアアアアッ！』

〈無垢なる闇〉が空に浮かぶ数本の剣を闇色に溶かして、一振りの大剣を生成。上背を越すほどの巨大な剣の鈍い反射が、強烈な一撃を予感させた。

水平に構え、ゴミを払うかのように薙ぐ。

「がっ！」

回避も間に合わず、陽翔は受けた剣ごと吹き飛ばされる。

ダメージをまともに喰らうことは避けられたものの、これだけでＨＰゲージがイエローセクションまで縮んでしまう。

「陽翔!?　逃げて！」

咲月の精霊が波状攻撃をしかけ、〈無垢なる闇〉の注意を引く。陽翔はその隙に大きく距離を取って岩陰に隠れた。

攻撃を喰らった箇所に闘気を巡らせて自然治癒力を高め、少しずつＨＰを回復させていく。

だが、全快には程遠い。早く戦線に戻らなければと、気ばかり焦る。

ただでさえ手が足りていないのに、咲月と旭姫だけに戦わせるわけにはいかない。

だが、この絶望的な状況下でも、旭姫はまったく諦めていなかった。

「このっこのっこのっ！」

絶え間なく弾丸を撃ち、咲月の負担を減らそうとしている。腕前は相変わらず見惚れてしまうほど抜群で、確実に鎧の継ぎ目に命中している。

ダメージは微々たるもので、部位破壊には至っていない。

――ただ、幸か不幸か、別の形で努力は実った。

『アアアアアアアアアアアアアアアアア!!』

〈無垢なる闇〉が身体の向きをターンさせ、ターゲットを旭姫に変更。

黒い鎧が蠢く闇を従えながら跳躍し、一気に旭姫へと迫る。

「やっ……」

「旭姫ッ!」

「しまった――!」

旭姫の足が〈無垢なる闇〉から溢れ出る闇によって、縛られるように囚われた。

巨大な剣が、彼女の眼前で振りかぶられる。

陽翔と違い、旭姫は防御に関するセンスを持っていない。〈未来視〉で攻撃を喰らう前に避けるのが旭姫の戦い方であり、旭姫に攻撃を向かわせないのが〝スバル〟だった。

まともに斬られれば、旭姫はゲームオーバー。

大切な幼なじみが、また命を失う。

再会は夢幻となり、今度こそ終焉を迎える。

何もわからないまま。

世界は動き出す。

旭姫は、意味もなく、残すものもなく、ただただ夏の陽炎のように消えていく。

彼女の無邪気な笑顔が、闇に塗り潰されていく。

約束も果たされず、思い出せないままに。

──そんなことが、許せるのか？

「ふざっけんな……ッ！」

回復中であることなど頭から消え失せ──気付けば、陽翔の足は動いていた。

全身に流れる闘気を掻き集めて、右足のつま先に一点集中。

オーラを爆発させるようなイメージで踏み込み、跳躍。

一瞬で、陽翔は旭姫の前に立った。

「えっ、陽翔!?」

旭姫に向き合う余裕などない。

目の前に落ちてくる剣。それを握っている腕に飛びつき、闘気を流し込んだ両手で抱え込んだ。格好悪く、必死になってぶら下がり重心を大きく崩す。

〈無垢なる闇〉はバランスを欠いて前のめりになり、兜から地面に落ちて盛大な地響きを立てる。

『グガアッ！』

喚く鎧に構うことなく、陽翔は背中に跨がった。

〈無垢なる闇〉は、地面をのたうちまわって足掻く。

だが、陽翔の身体が重石となったかのように、〈無垢なる闇〉はまともに動けない。闘気に質量を加えることで、陽翔は自らの体重を数十倍にしている。

闘気の本質は、性質や要素の強化。

流し込む闘気によって攻撃力や守備力等のステータスの他に、重さや柔らかさ、反発力といったものを強化できる。

『ガアアアアアアアッ！』

怒りに吠える〈無垢なる闇〉。

だが、どれだけ身を捩ろうとも、起き上がることはできなかった。

馬鹿らしくなるほど不釣り合いな体軀の差があるというのに、それはある種、異様な光景だった。

〈無垢なる闇〉が剣を動かせるのは視界の範囲のみ。こうして背中を取って馬乗りになってしまえば、陽翔に攻撃が当たることもない。鎧である以上、その可動範囲には限界がある。

「さすが陽翔！」

「陽翔、そのまま耐えて！　――来なさい、精霊たち！」

咲月が飛翔し、〈無垢なる闇〉の兜の前に着地する。

鞭を振るい、自身に炎と鋼、風の精霊──赤と灰と翠が混在した光を纏わせた。

「はああああああああああああああああああっ！」

炎と風で荒れ狂った拳を、〈無垢なる闇〉の後頭部めがけて振り下ろす。

命中した拳は、恐るべきインパクトと共に〈無垢なる闇〉の頭を陥没させた。

「あなたの命と魔力、いただくわよっ！」

「相変わらず恐ろしい……」

陽翔が目の前の蛮行に顔を引き攣らせるが、咲月は気付かず両拳を何度も何度も打ち付けた。

精霊の炎によって錬成された鋼の拳。その拳打は鍛冶槌の如く〈無垢なる闇〉の兜を歪めていく。床にも蜘蛛の巣のようにヒビが入った。

命中箇所から小さな彩光群──魔力が放出され、咲月の中に取り込まれていった。

精霊の力を己が身に纏い、打ち据えた敵から魔力を奪う──咲月の裏技、〈金剛拳〉。

精霊を纏わせ十全に使うことは、彼らと完全同調していないと不可能な芸当。まさに【精霊の女王】の真骨頂と言える。

「はっ！」

部屋全体が揺れるほどの衝撃。

一際甲高い打撃音が響き、〈無垢なる闇〉の兜が砕け散る。

「決まったー！」

旭姫（あさひ）が笑顔で歓声をあげる。

ＨＰバーを見れば四分の一を削っていた。

多大な戦果に、僅（わず）かながら希望すら湧（わ）いてくる。

だが――。

『オオオオオオオオオオオオオオオオオオオオオオオオオオオオオッ！』

〈無垢なる闇（ブルガトリオ）〉が陽翔（はると）の下で藻掻（もが）く。

身体（からだ）を起こそうとしていた。

「陽翔、まだっ――」

「無理だ、これ以上はっ……！」

〈無垢なる闇〉が立ち上がり、陽翔はあえなく振り落とされる。

ＨＰが減ったことで、戦闘のルーチンが代わったのだ。パワーアップまで果たしているのか、今の闘気では押さえきれない。

『フ――――――――――――――――――ッ！』

陽翔による戒（いまし）めは解かれ、ついに〈無垢なる闇〉は自由の身となる。

四つの瞳（ひとみ）がギラリと輝いた。紅蓮（ぐれん）の眼光から凶気が迸（ほとばし）る。

『アアアアアアアアアアアアアアアアッ！』

〈無垢なる闇〉が本能に身を任せたかのように四肢を振って暴れた。体勢やバランスなど関係なく、近くにいる者を遠ざけるだけの行動。

「うおっ!?」

「きゃあっ!?」

すぐ傍にいた陽翔と咲月の身体が、振り回された剣に巻き込まれる。

峰に当たったおかげで死ぬことはなかったが、咲月と今の陽翔にとっては無視できない威力だった。ふたりして壁まで吹き飛ばされてしまう。

「しまっ、スタン……！」

剣には痺れ効果が施されてあったらしい。

咲月は立っていられなくなり、膝をつく。

「あの子がいれば……！」

治療系の魔導も存在している。だが、咲月はまだそれに特化した精霊と契約していない。

「マズい……！」

陽翔も咲月ほどではないが、スタンが発生している。立ち上がることができなかった。

闘気を込めることで、微かに指を動かすことくらいはできるが——それが何の役に立つというのか。

〈無垢なる闇〉が跳躍。

陽翔の前に、岩石の砕ける音を立てて着地した。

死神の刃が、陽翔の眼前に迫った。

唸りと言うには不気味すぎる声をあげ、手に持った剣を振り上げる。

『グオウウウウ……！』

「陽翔ッ！」

いち早く旭姫が動く。

連続で発砲。すべて剣に命中し、振り下ろされる軌道を僅かに逸らす。

陽翔のすぐ脇を剣先が掠め、地面に突き立った。もし、旭姫の機転がなければ真っ二つにされていただろう。冷や汗がぶわりと湧く。

〈無垢なる闇〉が再び剣を振りかぶろうとしたところを、旭姫も再び発砲。四発の弾丸は蒼き光をたなびかせて、関節部分に命中——瞬間、氷結で覆われた。

氷の弾丸による斉射。それは、ほんの僅かに黒き鎧の動きを鈍らせた。

『ガアッ！』

氷は即座に破壊され、元通りとなってしまう。

だが、旭姫にとってはその一瞬で充分だった。

止まっていた隙に、彼女は庇うように陽翔の前に立つ。

「お、おい！　やめろ、旭姫！　逃げ——」

「逃げない！」

〈無垢なる闇〉に向けて二度発砲。

炎と風の弾が標的の眼前で衝突し、魔力が爆発——大きくよろめかせる。

「これならっ」

旭姫がひと息吐いたのも束の間、空に浮かぶ剣が次々と飛来した。

「このっ！」

旭姫が連続射撃。剣の軌道が変化し、旭姫と陽翔を避けていく。

体勢を立て直した〈無垢なる闇〉に、再び魔弾の雨を降らせ牽制。鎧の継ぎ目を狙い、精密射撃を叩き込む。

無限に続くかと思われた息を飲む攻防——。

しかし唐突に、乱舞していた剣が地面へ落ちた。

「これは……あいつの魔力が切れたか？」

空中を舞う剣は魔力によって動いている。

咲月は先ほどの拳打で、ダメージを与えると共に魔力も吸い取っていた。

連係攻撃の成果が、ようやく花開いたのだ。

『コオオオオオオオオオオオオオオオッ』

だが、飛来する剣がなくとも、危険な状況に変わりはない。

〈無垢なる闇〉は大剣を手に、陽翔とその前に立つ旭姫へと死を浴びせようとしている。

「旭姫、今なら退ける！　お前だけでも逃げろ！　一撃でも喰らったら――」

今度こそ死んじまうんだぞ――その言葉が紡げない。

「やだ。逃げない！」

旭姫は銃を構え、〈無垢なる闇〉に向かって、さらに何発もの銃弾を放つ。

魔弾による爆発は敵の行動をギリギリのところで阻害した。相手の重心を一目で判断し、上手く動けなくなるよう、ウイークポイントとなるべき部位に的確に撃ち込んでいく。

残弾などまったく考慮せずに。

――全部、俺を守るために……！

「もういいんだよ！　頼むから逃げてくれ……ッ！」

――もう見たくないんだ……目の前でお前が死ぬところなんて。

慟哭にも似た叫びは届いているはずなのに、旭姫は微動だにしない。

〈無垢なる闇〉を見据え、銃口を相手から逸らさなかった。

『ガアアアアアアッ！』

水平に薙いだ剣の一閃。

迎撃が間に合わなかった旭姫は銃のグリップでどうにか防ぐ――が、勢いだけは殺しようもない。

大きく飛ばされて、床を転がる。

「……まだっ！」

それでも彼女は止まらない。すぐに立ち上がり、黒衣の死神に向けて銃を撃つ。自分にヘイトを集め続ける。

勝ち目などないのに。

逃げるしかないはずなのに。

彼女は愚直に、また陽翔の前に立つ。

「……約束、したんだから……！」

小さな呟き。

彼女は絞るような声で、自分に言い聞かせるように囁いていた。

『約束』と。

「絶対に、あたしは守るの……っ！　何度だって……！」

弾丸を素早くリロードし、銃を構える。

発砲音と弾着の爆発音が派手に響くが、ただ攻撃を凌いでいるに過ぎない。

終焉までの時間を延ばしているだけだ。

それでも、彼女は留まり続ける。

——このままじゃ……。

旭姫(あさひ)が死ぬ。

六年前と同じように。

絶望は、繰り返される。

あの日の光景が、陽翔(はると)の頭の中をどす黒く浸食していく。

『アオオオオオオオオオオオオオオオオオオオッ！』

銃弾の壁を越え、〈無垢なる闇(ブルガトリオ)〉が旭姫の命を奪うべく剣を振るう。

旭姫は横から迫り来る刃(やいば)を銃身で逸(そ)らすものの、身体(からだ)ごと吹き飛ばされた。

「くっ――お願いッ。〈風神祭(ウエンティ・ブレット)〉！」

宙に浮きながらも、足掻(あが)くように天井に向けて発砲。

銃弾が天井に命中し、魔導が発動。風の刃が発生し、斬(き)り裂かれた岩が〈無垢なる闇〉へ的確に降り注ぐ。

下敷きになった鎧(よろい)は動きを止めた。

「あぐっ！」

旭姫は壁に激突し、地面へと倒れ伏す。

スタンを喰(く)らったのか、彼女は動かない。

「旭姫ッ！」

陽翔はありったけの闘気を身体に通し、なんとか右手だけを回復。片腕で這(は)いずりながら旭姫の下へ向かった。
〈無垢なる闇〉は間違いなく、そのうち動き出す。
それまでにどうにかしなければ、全員が死ぬ。
そして――旭姫は消える。

『どうして、どうして――お前には守る力があるのに、どうして！』

『お前のせいで旭姫は死んだんだ』
『お前が旭姫を殺したんだ！』

幼き日の、貴法(たかのり)の言葉が陽翔の心を抉(えぐ)る。
もうたくさんだ。
もういらない。あんな悲しみは。
幼(おさな)なじみを失うなんて、二度と御免(ごめん)なのに。
今は守る力がない。
年を取り、センスがなくなって、ただの初心者(ルーキー)と変わりない。

――違うだろ。

ただただ旭姫の死を言い訳にして、堕落し、目を背けていただけだ。

現実からも、この《リユニオン》からも。

『ガアアアアアアアアアアアアッ！』

岩の崩れる音が響く。

〈無垢なる闇〉が立ち上がり、旭姫へと向かっていく。

「……やめ、て……お願い……ッ！」

咲月もスタンで動けない。

陽翔は這っていくが、旭姫は遠い。なかなか近づけない。

――何としてでも、行かなきゃいけないんだ……！

彼女を死なせたくない。

自分はここでゲームオーバーでも構わない。

だけど、せめて。

旭姫と咲月だけでも、救い出すことさえできれば……。

なんでもいい。

力がほしい。

彼女たちを生かすに足る力が欲しい。

なのに、視界がぼやける。
涙が滲む。
這って前に進むごとに、白い光に世界が染まっていく。
容赦なく、白で埋め尽くされていく。
「せめて、旭姫のところまで……、行かせてくれよ……！」
そんな祈りが通じたのか。
不意に、白光が収束した。
——何だ……？
僅かに目線をずらすと、淡い光はある一点から放たれていた。
消え入りそうな反射光。
だが、焦点が定まると、その正体が露わになる。
瞳に映るのは、石床の上に転がったリング。
これは——。
「〝スバル〟の、パーティリング……？」
旭姫が今日作ったものではない。それは今、彼女の指に嵌まっている。
見覚えがある。汚れ具合、傷の付き方。
——間違いない。陽翔が最後に持っていた〝スバル〟のリングだ。

六年前の戦いで、手甲が破壊された時に、反動で落ちていたのか。

あの日、落としたアイテムが、初期化されずに残っていたのか。

円環で反射する微かな光。

先ほどまで視界を覆うほどだったのに、輝きは役目を終えたかのようにか細くなっていた。

「どうして――」

ただの偶然。

たまたま手甲が破壊され、たまたまリングまで落とし、たまたま初期化されなかった。

いくつかの、ささいな因果の産物――けれど。

「まだ……俺の存在が、残ってたのか」

陽翔の昔の欠片が、奇跡のように。

旭姫を失い、自分の存在が否定された気分になって、すべてから目を背けた。

だが、ここにあったのだ。


あの日の約束は。

『あたしは――――。だから、陽翔は――――』

そよ風のように優しく舞い戻る、在りし日の言葉。

『あたしは陽翔を――――。だから、陽翔はあたしを――――』

少しずつ。
霞がかっていた想いが。
ノイズの走っていた思い出が。
心の中で、青空のように澄み渡っていく。

『あたしは陽翔を守るから。だから、陽翔はあたしを守ってね。――約束だよ』

交わされたリングと共に誓った約束。
なぜ忘れていたのか。
それは、あまりにも単純な。
お互いを想い合った、たった……たった、それだけの約束。
その約束があったからこそ。

『だめ――――――――――――――――――――――――っ！』

〈無垢なる闇(ブルガトリオ)〉相手に、旭姫(あさひ)は陽翔(はると)をかばった。

自らの身を顧(かえり)みずに。

——あれから六年。

あの時とまったく同じ悲劇が、再演されようとしている。

〈無垢なる闇〉が、動けない旭姫の前にいる。

今にも〈無垢なる闇〉に殺されてしまいそうな旭姫が、眼前に、手の届く距離にいるのだ。

なのに、自分は地面に這(は)いつくばっている。

「取り戻せ……！」

思い出を。

「繰り返すな……！」

自分が重ねた過(あやま)ちを。

「旭姫を、見ろ……！」

過去ではなく、今そこにいる彼女を。

「あいつの笑顔を守るのが、ただひとつ残った俺の役目なんじゃないのかよ……！」

約束は果たされなかった。

だが、それでも。やるべきことが残っている。

陽翔は、手を伸ばし——リングを強く握り締める。

それがきっかけだったかのように。

全細胞が、咆哮(ほうこう)をあげた。

「あああああああああああああああああああああああああああああああああああッ！」

身体(からだ)中から溢(あふ)れ出した闘気の奔流(ほんりゅう)が、広間を席巻(せっけん)する。

突如立ち上(のぼ)った気炎に、〈無垢なる闇〉の動きが止まり——こちらを振り返る。

「俺は……今度こそ、旭姫を守る！」

死にかけていたはずだった。

しかし、闘気は凄(すさ)まじい勢いで膨(ふく)れあがっていく。

——そう。

思い出したのだ。

自身の闘気(センス)を。

仲間の危機にこそ力を発揮する、獅子王(ししおう)の気質を。

陽翔が、リングを左手の中指につける。それは正しい場所に戻るように、ピタリと収まった。

「俺は、もう逃げない」

パキン、と。

心奥で何かが外れる音がした。

それは、まるで。

今まで閉じていた心の錠に、鍵が入るように。

六年間くすぶり続けていた想いと共に、感覚が解き放たれる。

世界が瞬く間に広がっていく。

狭苦しく感じていた空間が、何でもできそうなほど自由に見えた。

この大広間すべてに、闘気を充満させることすらできそうな気がする。枷のなくなった心は、抑えきれないほどの闘気を溢れさせた。

『ガアアアアアアアアアアアアアアアアアアアアッ!!』

そんな陽翔にただならぬ脅威を感じたか、〈無垢なる闇〉は弱った敵から仕留めにかかる。

旭姫の息の根を止めるべく、剣を上段に構えた。

さらに回復した魔力は地に落ちていた剣を浮かせ、咲月へと殺意の刃を滑空させる。

旭姫は瀕死。

咲月は動けない。

「させるかよッ！」

うっすらと光るだけだった闘気が、眩い金色へと変化。

獅子の鬣のように波打って、強い輝きを放つ。

黄金色の闘気は陽翔の剣を伝い、刀身を数倍に伸張させた。

「はあっ！」

一閃。

咲月に向かっている剣も、旭姫へと振り下ろされた剣も、さらにはその剣を持つ〈無垢なる闇〉の腕まで、すべて等しく斬り裂いた。折られた刃は浮力を失い、壁や天井、床に突き刺さる。

『グオオオオオオオオオオオオオオオオオオオオオオッ！』

斬り裂かれた腕から黒い靄がスチームのように噴き出すと、初めて〈無垢なる闇〉が苦しそうな悲鳴をあげた。

だが、〈無垢なる闇〉は残った左腕に新しい剣を生み出し、再び旭姫に襲いかかろうとする。

陽翔は足に闘気を集中。

爆煙を纏う踏み込みで、次の瞬間には旭姫の目の前へと移動している。

振り下ろされた刃を闘気の剣で大きく弾く。想定外の衝撃に、剣ごと〈無垢なる闇〉の身体がぐらついた。

「遅いッ!!」

陽翔は一瞬で納刀すると、〈無垢なる闇〉の腕を左手で摑む。闘気を込め、無造作にぶん投げた。ただただ、力任せに。

〈無垢なる闇〉は体勢を立て直すこともできず壁に激突、金属のひしゃげたような音と岩の崩れ落ちる音を同時に響かせる。

「陽翔ッ！」

旭姫が、心から嬉しそうに彼の名を呼ぶ。

「【獅子心王】……」

咲月も震える声で呟いた。

《ユニオン》最強と言わしめた金色の闘気使いの名――陽翔のかつての二つ名を。

「センスが戻ったのね……陽翔」

陽翔の闘気は、仲間が危機になればなるほど力を増す。

〝スバル〟の頃には、仲間が強すぎて真価を発揮することがほとんどなかった。

しかし、本質は仲間を守るためにある。それが獅子と称される由縁。

仲間への思いが。

過去と向き合う覚悟が。

旭姫との約束が。

眠れる獅子を、覚醒させたのだ。

『グオオオオ……！』

〈無垢なる闇〉が壁の破片を押しのけ、ゆらりと立ち上がる。

ダメージがあるのか、我武者羅には襲いかかってこない。それどころか、身体をブルブルと震動させ始めた。明らかに様子がおかしい。

「な、何？」

咲月が眉を顰めた瞬間、

『ガアアアアアアアアッ！』

変態が始まった。

軟体生物の如く蠢き、ぶくぶくと歪に巨大化していく。

部屋の天井まで届くほど膨れあがり、肩から腕が新たに生まれ、足もまた次々と生え続ける。

肉の裂ける音と金属が擦れ合う音が入り混じって、不快な音を奏でた。

黒き鉄仮面から覗く赤い瞳は、より鮮やかに真紅の輝きを揺らめかせる。

「なんだ、こりゃ……」

いったい何が引き金となったのか。

六年前はこれ以上に追い詰めたが、この展開は初見だ。

瞳の色といい、この変化といい、明らかに昔の〈無垢なる闇〉とは一線を画している。

何よりも、感じたことがないほどの禍々しいプレッシャーが、陽翔の闘気に痛いほど警告を発していた。

「……一旦体勢を立て直すぞ。旭姫、ちょっと悪い」

「ひゃっ」

倒れている旭姫を抱きかかえ、一足飛びに咲月の下へ。

「咲月、大丈夫か?」

「大丈夫、だけど、まだ動けない……」

陽翔は抱きかかえていた旭姫を、咲月の横へ寝かせるようにゆっくりと下ろした。ふたりの肩に優しく触れる。

「はっ!」

旭姫と咲月の身体へ受け渡すように、闘気を注ぎ込んだ。

ふたりのスタンが解ける。微弱な闘気を通すことで、止まっていた神経系の働きを元に戻したのだ。

「ありがと、陽翔」

「ああ。……待たせて、ごめんな」

「本当よ。陽翔のバカ……。ずっと……ずっと、待ってたんだから」

目に涙を浮かべて、咲月は陽翔の復活を喜んだ。

六年間、見守ってきてくれた咲月。

その分、言葉に出来ない思いがあるのかもしれない。

「あはは、やっぱり陽翔は陽翔だよ！　全然、変わってないんだから」

旭姫が嬉しそうに笑顔を向けてくれる。

——変わってない、か。

変わったつもりでいた。

過去を捨てたつもりでいた。

ただただ、目先を変えて、見ない振りをしていただけで……同じところにいただけだった。

それに、旭姫が気付かせてくれた。

「……ありがとよ。あとは任せろ。あんなの——俺ひとりでも倒してやるからさ」

ようやく元の場所に戻っただけで、何も進んでいない。

陽翔は再び、〈無垢なる闇〉に向かい合う。

「——さあ、ここからだ」

新たな一歩を刻むために、ついに前衛に立つ。

「陽翔だけに任せておけないからね！　あたしも、撃って撃って撃ちまくるよ！」

「そうよ。ひとりでいい格好はさせないわ。十二の精霊よ！　陽翔を支援なさい！」

ふたりが競うように、陽翔の隣に寄り添った。

「こういうのも六年ぶりだな」

懐かしむように苦笑して、陽翔は剣を構える。

「頼むぜ、ふたりとも」

同時、〈無垢なる闇〉の変態が終わる。

大きな黒い塊(かたまり)となった身体(からだ)を、無数に増殖して伸びきった手脚が触手のように覆っている。触手が蠢(うごめ)く様は、まるで醜悪な食虫植物のようで、黒き鎧(よろい)の面影は塵(ちり)ほどもなかった。

身体から噴き出す闇(やみ)は、陽翔から溢(あふ)れる金色の闘気とは対照的にどす黒い。

「行くぜッ！　〈無垢なる闇〉！」

陽翔は空中へと躍り出るように前方へ跳躍。

〈無垢なる闇〉の無数の触手が、広範囲に放たれた。

「通さねぇよ！」

陽翔の闘気が一気に広がり、触手の侵入を悉(ことごと)く阻(はば)み、跳ね返す。

一本たりとも、滲(にじ)む粘液一滴すら、旭姫や咲月に届かせない。

金色のカーテンは、そのまま〈無垢なる闇〉を包み込む。

「はあっ！」

そして、爆発。

黄金の衝撃波に巻き込まれた〈無垢なる闇〉は、たまらずバランスを崩して倒れ込んだ。

陽翔が剣を構え、地に伏した闇の塊目がけて落下する。

剣を硬化、腕を強化。

「喰らえっ！」

空から振り下ろされた剣は、触手をまとめて斬り離す。触手は呆気なく床に落ち、一瞬で灰になった。

「――描け、シェリダー。銀の鋼路」

咲月が即座に援護。

精霊が〈無垢なる闇〉の周囲を縦横無尽に飛び回ると、その軌跡に沿って幾つもの鋼の塊が生成された。

「陽翔、いいわよっ！」

「よしっ」

足に闘気を集中、浮かぶ鋼に向かってカタパルトのように身体を射出。

すれ違いざまに〈無垢なる闇〉を斬り裂く。

勢いを殺すことなく身体を半回転させ、鋼に接地。

そこを足場にし、鋼に闘気を流し込み――再び跳躍。

次の足場でも同じようにして、加速。

――さらに加速、加速、加速!!

闘気が鋼の磁界を強化し、反発力を高めているのだ。

鋼を基点に、陽翔は光の反射さながらに宙を駆ける。一瞬たりとも止まることなく、〈無垢なる闇〉を思いのままに解体する——！

この解放感！

この高揚感！

この万能感！

これこそが陽翔にとっての、ゲームプレイだ。

『ガアアアアアアアアアアアアアアアアアッ！』

あれだけ減らなかった敵のHPゲージが、目に見えて減っていく。

ついに黄色——イエローセクションまで減った。残り三分の一だ。

「陽翔！　止まって！　まだ何か残してる!!」

旭姫の警告が飛ぶ。

陽翔は即座に足を止め、その場から後ろに下がった。

『ウウウウウウウウウウウウウウウウウ……！』

〈無垢なる闇〉が、身体を大きく震わせる。

内なる力が、抑えきれないように触手を蠢かせ、自らの身体を傷付けるようにもがき苦しんでいる。

赤い瞳が、じわりと漆黒に染まっていく。
『カアッ！』
最後に喘ぐように咆哮し、〈無垢なる闇〉は再び変態。
暴走して膨らんだ身体が、逆再生の如く縮んでいく。
縮んで、縮んで、縮んで――闇の鎧が舞い戻った。
斬られた右腕も復元している。
「元に、戻った……？」
「いや……。咲月、よく見ろ。鎧の密度が増してる」
陽翔の肌を流れる闘気も、増大した闇の力に強く反応し、輝きを増していた。
『グ、グ……』
〈無垢なる闇〉は手から小さな闇を生み、中に腕を突き入れる。
虚空の闇から取り出したのは禍々しい形状をした黒い剣――。
「ふたりとも伏せて！」
いきなりの旭姫の声に、ふたりは反射的に伏せた。
闇の剣が横一文字に振るわれ、真上を通過する。
刃に撫でられた壁が、何の音もなく抉り取られた。
斬ったのではない。削ったのでもない。

今のは明らかに〝消失〟の現象だった。

「なんだ、今の……!? 空間の切断か？」

「近いわね。この世界の理(ことわり)で動いていない何か――。私の〈十六砲陣(イザヨイ)〉と同じで、外の世界の攻撃だわ。まさか、剣を振るうだけでそんな真似(まね)ができるなんて……」

「……ってことは、闘気による防御じゃ防げないってことか」

今し方の攻撃は、掠(かす)めた闘気すら消失させた。

闘気を圧縮してガードしたところで、意味はないだろう。

「ところで旭姫。今、もしかして〈未来視(プロフエアータ)〉が使えたのか？」

「ううん。何となく嫌(いや)な予感がしたから……」

「ただの勘か。まあいいさ」

気楽に笑いながら、陽翔は立ち上がった。

「当たらなきゃいいんだろ。援護頼むぜッ！」

「陽翔、作戦を――ああ、もうっ！」

「あはは、やっぱこれだよねっ！」

陽翔の後ろで、咲月と旭姫が苦笑する。

咲月が鞭(むち)を構え、旭姫が銃口を向け、それぞれ己(おのれ)の役割を果たそうと動き出す。

「陽翔！　咲月！　あの足場使わせてもらうよっ！」

発砲音と共に旭姫(あさひ)の放った銃弾が、陽翔(はると)の脇(わき)をすり抜けて、〈無垢なる闇(ブルガトリオ)〉へ。

それは陽翔が闘気を込めた弾丸。

闘気の弾は〈無垢なる闇〉を貫通し、僅(わず)かなダメージとなった。

しかし、それだけで終わらない。

貫通した弾丸は、咲月(さつき)が生み出して陽翔が闘気を流した鋼(はがね)の塊(かたまり)に命中し、軌道を転換させる。再び闇(やみ)を貫き、またも鋼に当たった。

跳弾！　跳弾!!　跳弾！！！

さらに放たれた幾つもの弾丸が加わり、全方位から〈無垢なる闇〉を貫く。

『グアアアアアアアアアアアアアアアアアアアアアッ！』

〈無垢なる闇〉は弾丸から身を覆い隠すように、己(おのれ)の闇を噴煙のように沸(わ)き起こした。

飛び交う弾丸が、推進力を失って床へ落ちる。同じように足場にしていた鋼も魔力を失い消えていった。

「エネルギーの喪失……あの闇の特性か！」

「だったら！　――瞬(また)き鎮(しず)め、カイツール、並びにアディシェス。救裁(きゅうさい)の聖光(せいこう)！」

咲月が精霊の二体に鞭(むち)を入れると、淡く光った精霊たちが〈無垢なる闇〉に青白い霧を吹き付けた。

「闇の属性に相反する光と聖で、多少は大人しくなるでしょう!?」

迫り出していた闇を押し戻し、相殺していく。

「よしっ!」

陽翔が金色に光る剣を振りかぶった。

〈無垢なる闇〉に向けて、袈裟切りに振り下ろす。

——バキン、と。

乾いた音を立てて剣が折れた。

折れた刀身が、ひゅんひゅんと、空中を彷徨ってから壁に突き刺さる。

「マジかよ……! これだから、質の悪い武器は……!」

闘気で剣の強度を数段増していたが、すでに耐久限界を超えていたのだ。

もっとも要因は剣の方だけではない。一度質量を増した鎧が圧縮されて、常軌を逸した強度になっている。これを打ち破るには、もっといい剣が——最低でも上級者用の装備が必要だ。

——どうする。

折れた剣で戦うか、徒手空拳で戦うか。

どちらも現実的ではない。

「希の剣があれば……!」

ないものねだりをしても仕方ない。ただ、一撃に耐えられる強度の強い剣さえあればいいのだ。

それなら――。

『カアアアアアアアアアアアアアアアアアアアアアアッ！』

〈無垢なる闇（ブルガトリオ）〉が猛（たけ）り、闇（やみ）の剣を振り上げる。

突如、刀身が無数の糸に分裂。陽翔（はると）たちの逃げ場所を塞（ふさ）いで迫り来る。

――マズい！

この攻撃に闘気の防御は無意味と化す。

避（よ）けるしかないが、黒き剣糸の動きはたゆたう水の流れのように不規則。

一本でも命中すれば身体（からだ）を引き裂かれて死亡――ゲームオーバーだ。

「大丈夫！　任せて！」

力強く響く旭姫（あさひ）の声。見ると彼女は瞳（ひとみ）を閉じていた。

――何をする気だ!?

疑問も束（つか）の間。

瞬間、頭の中にひとつの映像が、目の前の光景と重なるように浮かび上がる。

その映像では、陽翔に向かってゆっくりと告死の糸が飛んできていた。

スローモーションのそれを紙一重で避ける。

糸の一本一本がはっきりと見えるのだ。かいくぐるのは造作（ぞうさ）もない。

陽翔も旭姫も咲月（さつき）も、不規則な無数の線をすべて完全に避けきった。

そこで映像は終わり——意識が現実に引き戻された時には、敵の攻撃はすべて不発に終わっていた。

「今のは——もしかして、旭姫の〈未来視(プロフェアータ)〉!?」

咲月の戸惑うような声。

「嘘(うそ)でしょ？　だって、私たちにまでこんな風に映像が見えるなんて……！」

「〈未来視〉が進化(センスアップ)したのか？」

そうとしか考えられない。

陽翔や咲月にまで、未来の映像が見えたのだ。

昔、旭姫の〈未来視〉は彼女が識(し)るだけで、メンバーは指示に従うだけだった。

しかし、今のは違う。

旭姫の言葉を通すことなく、陽翔と咲月にも未来が見えていたのだ。

——これが、旭姫の見ている世界……！

極まったセンスの凄(すさ)まじさに打ち震える。今までにないほど心が高揚した。

『ガアアアッ!?』

〈無垢なる闇〉も戸惑うように動きがぎこちない。この異形の怪物も、すべてを躱(かわ)されるなど想像すらしなかったのだろう。

目標を捕らえられなかった糸は、剣に戻る。

すると、再び〈未来視〉の映像が浮かび上がった。
〈無垢なる闇〉が闇の剣を振り上げると、再び刀身が分裂して黒糸となる。
さらに苛烈な波状攻撃。
それでも、三人は軌道をすべて見切っていた。
先と同じように、未来の映像を見ながら次々と糸を躱す。
「あの子、本当に〈未来視〉が使えるんだ……！　本当に、生きてるの……!?」
咲月の感情が溢れ、涙となって零れ落ちた。
「これならっ！」
陽翔が笑う。
何本来ようとも。
どんな角度で来ようとも。
襲い来る必殺の一撃は、しかし、掠ることすらない。
未来がわかるというのは、それほどのアドバンテージ。
すべての運命が旭姫の手中にあった。
「ここだっ！」
陽翔は壁に向かって跳ぶ。
剣糸の間を縫って、〈無垢なる闇〉へ猛進した。

武器は、彼女がどうにかしてくれると信じて。

「――行きなさい、精霊たち！　希には敵わないけど……陽翔！」

咲月が鞭を振るい、精霊たちを陽翔に向かわせる。

二体の精霊が折れた剣先を補うよう赤と銀の螺旋を描き、鋼の刀身が顕現。

まだまだ終わらない。さらに翠、蒼、黄、橙、紫が刃を巡り、精霊の光が混ざり合って七色に輝かせる。

――魔導のエンチャント。

「さすが咲月！　信じてたぜ！」

闘気を足に集中し、蹴り上げた。

レールガンを思わせる速度で己を射出。虹を纏う光芒と化す。

それは、あたかも彗星の如く。

剣に連なる光は、まさに流星群。

「ああああああああああああああああああああああああああああああああああッ！」

たなびく闘気が刃の軌跡をなぞる。

黒き鎧に肉迫し――一閃。

「〈獅子なる流星の一撃〉！」

かつて、陽翔の代名詞だった固有技。

流星と化した闘気の獅子(しし)が、喰(く)らい付くように襲(おそ)いかかった。

七色の牙(きば)に咀嚼(そしゃく)され、闇(やみ)が消えていく。

力を取り戻した獅子の前に、〈無垢なる闇(ブルガトリオ)〉は為(な)す術(すべ)がない。

『ガアアアアアアアアアアアアアアアアアアアアアッ!!　ガッ、ギ、ギャアアアッ!』

しかし――。

「まだ、生きてる……!?」

獅子に喰い付かれてなお、〈無垢なる闇〉は倒れない。

『ウゴオオオオオオオオオオオオオオオオオオオオオオオオッ!』

闇の剣を、癇癪(かんしゃく)を起こした子供のように振り回す。

その度に空間の切断が起こり、遺跡が崩壊していった。

〈獅子なる流星の一撃(レオニダス)〉も巻き込まれ、消失する。

そして、狂乱の鎧(よろい)は陽翔(はると)をターゲッティングした。

「陽翔、避(よ)けて!」

「陽翔ーっ!　そのままじゃ死んじゃうよ!」

陽翔の首に、闇の剣が迫る。

「陽翔――――――――――――――――ッ!」

陽翔の死を目前にして、旭姫(あさひ)が叫び、咲月(さつき)が目を瞑(つむ)りかけた。

だが。

「――ふう、間に合った」

闇の剣は止まった。

手に輝く金色の剣が、完全に受け止めている。

「外の世界の理(ことわり)で剣が作れるって言うのなら、こっちも外界の理で闘気を生成すればいい！」

「あ、合わせたの!?　闘気の質を……！　外の世界の理に！」

「さすがに時間はちょっとかかったけどな」

言うほど簡単なものではない。

そもそもルーツが違う、ルールが違う、プロセスも違う。

だが、できるのだ。〈千獣千技(レグルス)〉の陽翔ならば。

そして、闘気の質を外の世界の理に合わせられたということは――。

「この闘気が、空間切断の特性を持っているってことだ！」

陽翔が大きく剣を振りかぶる。

外の世界の理として発現した闘気が、眩(まばゆ)く光り輝いた。

「〈星剣(アークトゥルス)〉！」

光の刃(やいば)が波動のように〈無垢なる闇〉へと襲いかかる。

闇を纏(まと)った黒き鎧は、光に塗り潰(つぶ)され――。

断末魔すらあげる間(ま)もなく、一片も残さずこの世界から消え失せた。

「ふう……」

〈無垢なる闇(ブルガトリオ)〉を消滅させた陽翔(はると)は大きく息を吐く。

さすがにくたびれた。その場に腰を下ろしてべったりと座り込む。

「やったー！　やっぱり、陽翔は強いんだよ！」

これ以上ない満面の笑みを浮かべて、駆け寄ってきた旭姫(あさひ)が抱きついてくる。

それを見て、陽翔の脳裏(のうり)に幼い時の旭姫の姿がフラッシュバックした。

——もはや、間違えようもない。

やはり、彼女はあの旭姫なのだ。

「やっぱ〈獅子なる流星の一撃(レオニダス)〉って叫ぶ陽翔はカッコいいね！　〈星剣(アークトゥルス)〉っていうのもすごかったよ！」

「わ、わかった。わかったから離れろ」

陽翔は途端に気恥ずかしくなった。

旭姫のスキンシップはもちろんだが、技名を叫んでしまうなど、小学生以来だ。湧(わ)き出したアドレナリンが自然と言わせてしまっていた。

……だが同時に、不思議と安堵(あんど)感も覚えていた。

　昔の自分から何もかも変わってしまったと思っていたが、意外と変わらないものもあるらしい。そんな事実に、陽翔は小さく笑みを零す。

「旭姫。あなた、あの〈未来視〉は……」

　少し遅れて咲月が近寄り、戸惑ったような声で問う。

「あっ、あのねあのね！　すごい大ピンチだって思ったら、勝手に……自分が指示しても間に合わなそうだったから。だったら皆の頭の中に見せられればいいかなって思って」

「確かに〈未来視〉は心奏に属するセンス……。相手の心に訴えかけることは可能だろうけど……」

　咲月は少し不可解そうに眉を顰めたが、すぐに破顔する。

「……今は小難しいことを考えられないわ。さすがに疲れちゃった」

「手間かけたな」

「勝ったんだから言いっこなしよ。それに今は、六年ぶりの勝利の余韻に浸りたいからね」

「……同感だ」

　陽翔は笑みを浮かべ、心から頷いた。

　しかし、未だに興奮を抑えられない。

　闘気が久々に戻ってきた感覚は元より、〈未来視〉で浮かんだ映像が脳裏に焼き付いている。

「それにしても、すげえ鮮明な映像だったな」

「でしょでしょ。何ていうか、センスがどどーんと成長した感じがあるんだよね。だから、ふたりに送ってみたんだけど」

　居ても立ってもいられないのか、旭姫（あさひ）は身ぶり手ぶりを加えながら力強く頷（うなず）く。

「あたし、やっぱり生きてるよ。あの〈未来視（プロフェアータ）〉が使えた時、生きてるって感じしたんだ。血が流れてる感覚っていうのかな?」

「いや、お前の感覚だしわからんけど……」

　苦笑を浮かべながら陽翔（はると）が言うと、

「いえ」

　咲月（さつき）は首を振り、肩の荷が下りたといったように、穏やかな表情を旭姫に向けた。

「私は考えを改めるわ。旭姫、あなたは生きてる」

「さっすが咲月！　だよね！」

「お、おい?」

　陽翔が少し驚いた表情で咲月を見る。

　すでに陽翔は旭姫を本物と思っているが、生きているという確信までは持てていない。

「〈未来視〉を受けた時、感じたわ。旭姫が昔から必死に説明してくれた未来の世界を。説明通りだったもの」

「……俺にはあの頃から、さっぱりわからなかったんだが」

「陽翔が真面目（まじめ）に聞いてなかっただけじゃないの？」

咲月が呆（あき）れたように、小さく笑う。

「陽翔も私も、六年間ずっと旭姫が死んだと思って生きてきたから……まだ心の中に戸惑いはあるけど、私は旭姫が生きてるって信じたい。それに……」

一旦（いったん）句切って、咲月は旭姫を見やる。

「私たちが信じなきゃ、誰も信じないもの」

咲月の言葉が、すとんと陽翔の胸に落ちた。

「そう、だよな」

まだ、彼女が宝箱の中にいた理由も、六年後に現れた理由もわからない。

だけど、この旭姫はどう見たって旭姫なのだ。

雰囲気も、〈未来視〉も、銃の腕も、笑顔さえも。

生きている。そう信じるには充分すぎる。

「酷（ひど）いことを言ってごめんなさい、旭姫。これから私はあなたのログアウトに協力するわ」

「ああ。俺も……約束したからな。最後までお前に付き合うよ」

「うん！　ありがと、ふたりとも！　——じゃあ、もうひとつ、約束」

旭姫がはにかんだように微笑（ほほえ）んで、すっと左手を差し出した。

意図に気付いた陽翔と咲月は、顔を見合わせ、思わず吹き出す。

〝スバル〟で定番だった儀式だ。

三人の手が重なる。

陽翔と咲月の視線を受けて、喜色満面で旭姫は頷いた。

「〝スバル〟は、ここに約束しよう！」

「仲間を信じ！」

「他は省略！　この絆にかけて、ここに誓おう！　そして――」

「「「皆で、伝説になろう!!」」」

高らかな誓いの声が、六年ぶりに響き渡った。

エピローグ

塞がれた出入り口の岩を砕き、陽翔たちは来た道の復路を歩く。

出口に向かう道すがら、

「それで結局、何か思い出したか？　この六年間のこととか」

「うーん……………………………………………………全然」

「もう少し真面目に思い出せよ」

「そんなこと言っても無理だってば」

生きていると仮定できても、であればこの六年間、旭姫は何をしていたのかという謎は残る。

それを識るだけでもヒントになりそうだが……。

「まあ、焦っても仕方ない。ゆっくり行こう」

「うんっ。それに、〝スバル〟だって完全復活させたいしね！　クライヴと希は絶対この世界にいるはずだし、貴法とも話せば仲直りできるよ」

「……そうだな」

〝スバル〟の復活。

ちょっと前までの陽翔なら、夢物語と一笑に付していただろう。

だけど、今ここに、確かに旭姫は存在していて。
昔と同じように、一片の疑いもない笑みを浮かべている。
それだけで、不思議と不可能ではない気がしてくるのだ。
「ホントに、そうなるといいわね」
咲月も同じことを思ったのか、優しい笑みを湛えていた。
本当にそうなればいい。
だが同時に、陽翔はひとつの予感を覚えていた。
——貴法とは、近いうちにまた会うだろうな。そのときは……。
「あ、出口見えてきたよ！」
すると旭姫が嬉しそうに声をあげる。ダンジョンの入り口まで戻ってきたのだ。
ハッチを開けて外に出ると、強烈な日射しが降り注いだ。
陽翔は凝り固まった身体を解すように伸ばす。
咲月と旭姫も同じように、軽い柔軟をして手足を動かしていた。
「……あれ？　何これ？」
突然、旭姫が不思議そうな声をあげる。
その手のひらには、半透明の小さな赤い石。
透き通るように綺麗だが、陽翔にも見覚えのないアイテムだ。

「肩の辺りから零れてきたけど、襟の中に挟まってたのかな……。これ、咲月の？」

「私、こんな貴石なんて持ってこなかったけど」

「んー？　もしかして、ボスのドロップアイテム？」

旭姫は吸い込まれるように、石を眺め続け――。

「あぐっ……！」

立ち眩みに襲われたかのように、突然ふらついた。

膝をついて、そのまま倒れ込む。

「旭姫!?」

陽翔が慌てて旭姫の身体を抱き留めた。

刹那――。

映像が、頭の中へ入り込む。

「なっ――〈未来視〉!?」

咲月の慌てた声。

だが、視界に重なる形で浮かび上がる〈未来視〉とは違う。

それは、視界を上書きするように、全く別の映像として再生された。

その映像の中――。

〝スバル〟のアジトが映った。

陽翔がいる。咲月がいる。貴法がいて、クライヴに、希もいる。全員、クライヴに変幻を使ってもらっていた時の姿だった。

クライヴと咲月が何事か言い合いを始めて、咲月が真っ赤になって怒鳴っている。

貴法が希に話しかけると、彼女はあわあわと慌てて貴法を焦らせていた。

――懐かしい、幸せな光景。

そんな様子を、映像の陽翔は笑顔で見つめている。そして、こちらに視線を向ける。

――だが、次の瞬間。

唐突に、場面が切り替わる。

目の前には、倒したはずの〈無垢なる闇〉。

放たれた闇の波動に、視界は一瞬で塗り潰された。

場面が切り替わる。

すべてが白い部屋の中。扉も窓もなく、天も地も壁も、ただただ白に埋め尽くされた空間。

それはどこか、病室を連想させた。

眼前には、幾人ものプレイヤーが立っている。いや、プレイヤーかどうかは分からない。彼らはこの世界の装備をしていない。ただ、同じ灰色のローブを着ているだけだ。フードのせいで目元は見えず、顔はわからない。

その中のひとりがニタリと気味悪く口端を吊り上げて、こちらに手を差し出す――その手が、真横から飛来した矢に貫かれた。

視界が横に動くと、そこにはひとりの少女が立っていた。

間髪容れず、弓を構え、矢を番い、謎の者たちに向けて次々と射放つ。

しかし、多勢に無勢。

劣勢にさらされた少女と目が合う。彼女は、必死に手を伸ばした。


またも場面が切り替わる。

暗く、視界が滲む。

時折、大小様々な気泡が上がっていく。

これは、水の中だ。水槽の中から外を見ているのだ。

目が慣れるように少しずつ、風景の輪郭がうっすらと浮かび上がってくる。

微かに見えるのは――現代の医療機器と思しきもの。モニターのついた機材、様々な数字が表示された電子掲示板、心電図らしきグラフディスプレイ――……。


奇妙だった。

見ているだけで不安を掻(か)き立てられる局面の数々。

――何だ、これは？

確証はない。

だが、あの〈無垢なる闇(ブルガトリオ)〉の闇(やみ)の波動には……見覚えがある。

六年前、旭姫(あさひ)をゲームオーバーにした攻撃だ。

ということは。

――この映像は、まさか過去の……？


映像が途切れ、正常な視覚が戻ってきた。

しばらく誰も口がきけない。

「……な、何。今の……」

咲月(さつき)が恐る恐る声に出す。

理解できない光景に、陽翔(はると)も答えを返せない。

「……旭姫に聞いた方が早い」

抱き留めている旭姫を見る。

彼女の瞳は、心の底から戸惑ったように揺れていた。

「陽翔、咲月。今の、見た？」

旭姫は擦れた声で、怯えるような顔をして言葉を紡いだ。

小さな問いかけに、ふたりが頷く。

「はっきりしないけど……。自信もないけど……。よくわからないけど……」

旭姫は声を震わせながら、ぎゅっと、陽翔の服の袖を握り締めた。

「これが、あたしの六年間なのかもしれない――」

《七星のスバル》

しちせい

Seven Senses of the Re'Union

あとがき

ガガガ文庫の読者の皆様、初めまして。田尾典丈（たおのりたけ）と申します。

この度、縁がありまして出版させていただけることになりました。


今作の舞台はＭＭＯＲＰＧとなっております。

しかも、丸ごと世界の中に取り込まれるタイプです。

遠い未来か近い将来か、そういう技術が確立した時、現実はどういうふうに変遷しているでしょうか。

そして、それは人というものを数字でデータ化できる環境になったということにもなります。

そんな時代になったら、亡くなった人が生きる世界というものが存在することになるのかもしれません。

倫理（りんり）や是非は置くとして、興味深い話ではありますね。


ＭＭＯＲＰＧをモチーフにした作品を書くのは二回目ですが、今回はだいぶ方向性の異なる物語になりました。

その分、苦戦しましたし、編集さんや校正さんには凄まじい負担を掛けてしまいましたが、よい作品になったのではないかと思います。

もちろん、時間をかけて苦労したからといって面白くなるわけではありませんが、読者の皆様に楽しく読んでいただければ、それに勝る幸せはありません。


それでは謝辞に参ります。

担当のI様。本当にご迷惑をおかけ致しました。こうして出版にこぎ着けることができたのも、多大な尽力があったおかげです。ありがとうございました。

イラストを描いていただきましたぶーた様。執筆中、心の平静が保てたのは、ぶーた様の素晴らしいイラストが送られてきたおかげです。世界観にマッチした美麗なイラストは、とても透明感があり、ずっと眺めていたいと思わせてくれました。

この本を出版するにあたって関わった皆様にも、心からのお礼を言わせてください。

そして、最後に。この本を読んでくださった読者の皆様に、この上ない感謝を！

二〇一五年七月

ガガガ文庫5月刊

俺の立ち位置はココじゃない！2

著／宇津田 晴

イラスト／おしおしお

無事六花へとなった公平と光瑠。だが二人とも、いまだ互いに望む立ち位置を手に入れるには至っていない。そんななか、学園では球技大会の準備が進んでいて……。立場入れ替え系ラブコメ第二弾！

ISBN978-4-09-451731-6（ガう2-2）　定価：本体574円＋税

《このラブコメがすごい!!》堂々の三位！

著／飛田雲之

イラスト／かやはら

ライトノベル系まとめサイトを運営する高校生、姫宮新。彼はある記事で取り上げた作品が意中の少女のものだと知る。「わたしにラブコメの書き方を教えて！」。まとめサイト管理人と作家志望の少女の青春が今始まる！

ISBN978-4-09-451732-3（ガと3-1）　定価：本体611円＋税

弱キャラ友崎くん Lv.6

著／屋久ユウキ

イラスト／フライ

文化祭を目前に控えた11月。中村らとともに実行委員に立候補するなど、友崎は日南からの課題をこなしながら積極的に集団での立ち位置を確立していく。そんななか、日南から「あなたは誰が好きなの？」と問われ——？

ISBN978-4-09-451733-0（ガや2-6）　定価：本体630円＋税

六人の赤ずきんは今夜食べられる

著／氷桃甘雪

イラスト／シソ

赤い月の夜、「赤ずきん」と呼ばれる少女達はオオカミの化け物に喰い殺される。そんな因襲を持つ森に迷いこんだ猟師は、少女達を護り抜こうと奮闘するが……。第12回小学館ライトノベル大賞・優秀賞受賞作！

ISBN978-4-09-451735-4（ガこ3-1）　定価：本体611円＋税

ガガガブックス

最強職《竜騎士》から初級職《運び屋》になったのに、なぜか勇者達から頼られてます2

著／あまうい白一

イラスト／泉 彩

最上級職《竜騎士》から初級職《運び屋》に転職したアクセルは、新天地である『水の都』を訪れても、更に大勢の人に頼られてます！　元竜騎士の最強運び屋が超速で送り届ける、トランスポーターファンタジー第二弾！

ISBN978-4-09-461112-0　定価：本体1,200円＋税

GAGAGA
ガガガ文庫

七星のスバル

田尾典文

発行　2015年8月23日　初版第1刷発行
2018年6月11日　第3刷発行

発行人　立川義剛

編集人　野村敦司

編集　岩浅健太郎

発行所　株式会社小学館
〒101-8001 東京都千代田区一ツ橋2-3-1
[編集] 03-3230-9343　[販売] 03-5281-3556

カバー印刷　株式会社美松堂

印刷・製本　図書印刷株式会社

Printed in Japan　ISBN978-4-09-451566-4

第13回小学館ライトノベル大賞 応募要項!!!!!!!!!!!!!!!!!!!!!!!!!!!!!

ゲスト審査員は浅井ラボ先生!!!!

大賞：200万円＆デビュー確約
ガガガ賞：100万円＆デビュー確約
優秀賞：50万円＆デビュー確約
審査員特別賞：50万円＆デビュー確約

第一次審査通過者全員に、評価シート＆寸評をお送りします

内容 ビジュアルが付くことを意識した、エンターテインメント小説であること。ファンタジー、ミステリー、恋愛、ＳＦなどジャンルは不問。商業的に未発表作品であること。
（同人誌や営利目的でない個人のWEB上での作品掲載は可。その場合は同人誌名またはサイト名を明記のこと）

選考 ガガガ文庫編集部＋ゲスト審査員・浅井ラボ

資格 プロ・アマ・年齢不問

原稿枚数 ワープロ原稿の規定書式【１枚に42字×34行、縦書きで印刷のこと】で、70～150枚。
※手書き原稿での応募は不可。

応募方法 次の3点を番号順に重ね合わせ、右上をクリップ等で綴じて送ってください。
① 作品タイトル、原稿枚数、郵便番号、住所、氏名（本名、ペンネーム使用の場合はペンネームも併記）、年齢、略歴、電話番号の順に明記した紙
② 800字以内であらすじ
③ 応募作品（必ずページ順に番号をふること）

応募先 〒101-8001 東京都千代田区一ツ橋 2-3-1
小学館　第四コミック局　ライトノベル大賞係

Webでの応募 GAGAGA WIREの小学館ライトノベル大賞ページから専用の作品投稿フォームにアクセス、必要情報を入力の上、ご応募ください。
※データ形式は、テキスト（txt）、ワード（doc、docx）のみとなります。
※Webと郵送で同一作品の応募はしないようにしてください。
※同一回の応募において、改稿版を含め同じ作品は一度しか投稿できません。よく推敲の上、アップロードください。

締め切り 2018年9月末日（当日消印有効）
※Web投稿は日付変更までにアップロード完了。

発表 2019年3月刊『ガ報』、及びガガガ文庫公式WEBサイトGAGAGAWIREにて

注意 ○応募作品は返却致しません。○選考に関するお問い合わせには応じられません。○二重投稿作品はいっさい受け付けません。○受賞作品の出版権及び映像化、コミック化、ゲーム化などの二次使用権はすべて小学館に帰属します。別途、規定の印税をお支払いいたします。○応募された方の個人情報は、本大賞以外の目的に利用することはありません。○事故防止の観点から、追跡サービス等が可能な配送方法を利用されることをおすすめします。○作品を複数応募する場合は、一作品ごとに別々の封筒に入れてご応募ください。